# Donde nadie me espere

# Piedad Bonnett

## Donde nadie me espere

ALFAGUARA

Papel certificado por el Forest Stewardship Council®

Primera edición: abril de 2019

© 2018, Piedad Bonnett
© 2018, Penguin Random House Grupo Editorial, SAS
Cra. 5A. N°. 34A-09, Bogotá, D. C., Colombia
© 2019, Penguin Random House Grupo Editorial, S. A. U.
Travessera de Gràcia, 47-49. 08021 Barcelona

© Diseño: Penguin Random House Grupo Editorial, inspirado en un diseño original de Enric Satué

Printed in Spain – Impreso en España

ISBN: 978-84-204-3808-5
Depósito legal: B-5275-2019

Impreso en EGEDSA, Sabadell (Barcelona)

AL38085

Penguin
Random House
Grupo Editorial

*La soledad, la locura, el silencio, la libertad…*

ENRIQUE VILA-MATAS
*Doctor Pasavento*

I

# 1

Cuando sentí que alguien me daba golpecitos en el hombro, abrí los ojos. Debía tenerlos llenos de miedo o de hostilidad o de rabia, porque el hombre que estaba en cuclillas se echó bruscamente hacia atrás, levantó su mano como para defenderse y luego se irguió. Mi mirada registró borrosamente un par de zapatos gastados y se ancló en ellos por un momento mientras mi cabeza llamaba desesperadamente a la conciencia. Traté de recordar dónde estaba, sintiendo que venían poco a poco a mis oídos los sonidos del mundo: primero el alboroto de la calle, el ruido de pasos y motores, el sonsonete de la lambada de un carro que retrocedía y luego el ronroneo de mi pecho, su silbido, su cascabeleo de culebra. Allí estaban otra vez, como prueba de que seguía vivo, el dolor en el tobillo, la tirantez de la piel del empeine, la cabeza embotada, la palpitación del ojo.

Mi mirada trepó con dificultad y se detuvo en los botones desproporcionados de un suéter beige. Entonces putié en voz baja: tal vez me había quedado dormido en la puerta de algún tendero que no demoraría en darme una patada en las costillas.

Volví a cerrar los ojos, pero enseguida los abrí sobresaltado, seguro de que finalmente habían dado conmigo. Traté de sentarme, aterrado, sintiendo que cientos de agujas se me clavaban en las axilas, pero no pude moverme: yo era un muñeco de tela que habían rellenado de plomo. Fue entonces cuando oí mi nombre. Una, dos veces, mi lejanísimo nombre. Otro dentro de mí levantó la cabeza, se incorporó lentamente sobre el codo derecho. La luz acuosa de la mañana me hizo cerrar los ojos. El hombre del suéter beige volvió a acuclillarse y se presentó a sí mismo, en voz muy baja, como si le hablara a un enfermo grave, a un moribundo, cosa que de alguna forma yo era.

Aurelio.

Una burbuja enorme estalló en mi cerebro. Aurelio.

Sentí deseos de huir, de pegar, de salir gritando malparidos todos déjenme en paz. Pero no hice nada de eso. Me senté, afiebrado, tiritando como un convaleciente de tifo, y como tratando de protegerme del frío abracé mis rodillas y, con la cabeza baja, permanecí en silencio.

¿Aurelio?

*Levántate y anda.* Eso decía la voz, aunque no de ese modo.

Oí que me preguntaba si estaba bien. ¿Cómo contesté a esa pregunta estúpida? ¿Acaso riéndome a carcajadas o con la ironía de un hombre humillado? ¿Me deshice en maldiciones, escupí? No. Pero

12

por primera vez me atreví a mirar a aquel hombre a los ojos. Había en ellos una mezcla de conmiseración, de bondad y de espanto. Oí que me invitaba a tomar un café. Su voz sonaba tembleque y tenía la respiración agitada. Quise contestar algo, pero mi lengua, seca y pesada, se resistía. Trastabillé al querer levantarme y caí una, dos veces. Aurelio no me ayudó a incorporarme.

Una vez en pie lo seguí como un perro, arrastrando mi pie adolorido, todavía con la visión un poco borrosa. Nos acercamos a la terraza de una cafetería. El mesero llegó dispuesto a espantarme de allí, pero Aurelio lo detuvo con un gesto, mientras corría una silla para que yo me sentara. Sin preguntarme qué quería pidió dos cafés. El mesero me lanzó una mirada desdeñosa, dio media vuelta y se fue. Aurelio lo llamó de nuevo y añadió: y tráiganos dos pandeyucas.

Durante un rato ninguno habló, de modo que aquello parecía una escena de teatro, tal vez una versión moderna del *Rey Lear* en la que yo hacía del pobrecito Tom. Mientras bebía mi café noté que Aurelio me miraba las manos. *Mucho tiempo buscándote,* dijo, como hablando para sí mismo. Añadió algunas otras frases, pocas. Agradecí que no hubiera en ellas ni sentimentalismo ni grandilocuencia. Cuando terminamos de comer sacó un paquete de cigarrillos. Me ofreció uno, como si aquel fuera el plácido reencuentro de dos viejos amigos.

Su esfuerzo me resultó patético y me sacó una sonrisa irónica. La posibilidad de un cigarrillo, sin embargo, destapó a medias la parte de mi cerebro que permanecía embotada. Aunque había empezado a sentir náuseas, estiré mi brazo para tomar uno, y fue entonces cuando noté que los dos estábamos temblando. Vi cómo el fósforo se acercaba al cigarrillo, cómo este se encendía y salía el humo. Y oí que Aurelio me preguntaba por la herida del ojo, por la frente, por mi cojera. Mentí con pocas palabras. Por su tono de voz comprendí que tenía miedo de que el greñudo que tenía enfrente, el malandro de ojos alucinados y boca hinchada, saliera corriendo y se perdiera de nuevo, esta vez para siempre. En voz muy baja, como la de un padre que despierta a su hijo con delicadeza, me hizo la propuesta. Entonces, de repente, como si el café milagrosamente hubiera encendido en mi cabeza la chispa de una lucidez hace mucho perdida, se me reveló la mañana en toda su claridad y tuve conciencia de los bordes de mi cuerpo y del pasado y del porvenir. Comprendí que me había rendido.

Odio los hospitales, pero lo primero que pensé fue que allá nadie me encontraría. Luego empecé a fantasear con caldos calientes, con sábanas recién planchadas, con un inodoro que recibiera limpiamente todas mis porquerías y entonces me entregué con docilidad a la voluntad de Aurelio.

En un despacho minúsculo, las enfermeras, que me recibieron con caras impasibles, me hicieron preguntas que no supe o no quise contestar. Aurelio llenaba algunos de los vacíos, trataba de explicar lo que yo no lograba. Después, un enfermero de bata azul y tapabocas, con los brazos cubiertos de vellos oscuros y rizados, me condujo en una silla de ruedas por pasillos y jardines que se multiplicaban, hasta una especie de celda monacal. Aurelio me seguía, acompañado de una médica joven, de pelo rojo muy corto, un noble ser andrógino. Los ojos de los pacientes y de los médicos se clavaron en mí con curiosidad fría o indolencia pasmada. Yo aceptaba sus miradas con una sonrisa impúdica, como la de un asesino sin arrepentimientos. Me pasaron una pijama color arena, jabón, una toalla, y frente al enfermero, que no se despegaba de mí, me di una ducha, la primera de agua caliente que me daba en muchos meses. Por la rejilla del baño veía el cielo y un árbol con las hojitas en movimiento. Al salir, el reflejo del cristal de la ventana me reveló a un hombre que ya no recordaba, de piel cuarteada y pelo de erizo, que me miraba con una mezcla de dureza y asombro. Mucho después entró un médico que me examinó las manos, los dedos de uñas quebradas, la lengua, la dentadura, los reflejos de mis rodillas, mi iris, mi esclerótica, mis párpados, la herida del empeine que se abría como la boca de un pez y dejaba asomar una materia blancuzca y pegotuda. La piel se veía lisa y brillante en el punto más hinchado y luego pasaba del verde al amarillo y al violeta, en círculos concéntricos.

En una bolsa de basura metieron el saco de paño, mis dos camisetas y mis dos suéteres, el pantalón lleno de sangre antigua, apelmazada. Les pedí que no botaran los tenis porque les tenía cariño.

Agua hubo siempre, o casi siempre. Una canilla en la parte de atrás de un granero. Una quebradita donde meter los pies ampollados, donde recoger su frescura entre las manos en cuenco y arrimar la cara, echarla en el cuello donde la mugre va creando una costra parda. En últimas la lluvia. Levantar la cara como bendiciendo al cielo por acordarse de uno, aunque luego la ropa se pegue a la piel y quede como cartón cuando se seca. Pero jabón es otra cosa. Jabón casi nunca. A ratos las manos pedían jabón a gritos. El pelo suplicaba por jabón. También el cuerpo, la piel rasposa, el cuero cabelludo donde van naciendo forúnculos. Todo rasca en un cuerpo al que el jabón lo ha olvidado. Por eso, cuando había, la espuma era una fiesta, un lujo que se disolvía bellamente entre burbujas.

*Fue la mancha lo que permitió que te reconociera*, me dijo meses después Aurelio.

En mi infancia era más oscura, casi color vino, pero en la adolescencia fue palideciendo hasta quedar reducida a un malva pálido difuminado como una acuarela o una aguada.

No recuerdo cuándo tuve conciencia de que la tenía. Me veo o me sueño frente al espejo, de cuatro o cinco años. Paso una mano extrañada por la superficie de la mejilla derecha, tan lisa y suave como la izquierda, pero donde flotaba, como un pequeño mapa de un país inexistente, esa mancha color tinta de fríjol. Mucho más tarde internet me reveló que esa mácula tenía un nombre hermoso: *mancha de vino de Oporto* o *nevo flamígero*. No recuerdo que me molestara, ni que me hiciera sentir feo ni extraño ni risible. Debí aceptarla sin más, como se aceptan la estatura o el tono de voz. Y sólo recordaba que la tenía cuando veía que unos ojos se detenían en mi cara más de la cuenta.

Aurelio no mencionó mis manos, pero ellas también debieron ratificarle que aquel ser esperpéntico, de ojos alucinados y piel cuarteada, era el hijo de su amigo. No las mencionó, compasivamente, me imagino, para no hacer un énfasis innecesario en lo monstruoso.


El cuarto del hospital, con su despojamiento y sus paredes grumosas pintadas de verde menta, me recordó el salón de clase de mi primer año de colegio y me produjo un malestar indefinible. Y es que siempre me afectaron los espacios. En cuestión de segundos pueden modificar mi estado de ánimo, volverme sombrío. Yo tenía seis años y le dije a mi mamá que no quería volver. Cuando me preguntó por qué, le dije que era oscuro, pero no porque lo fuera, sino porque esa era la sensación que había *dentro de mí*. El techo era bajito, el piso de caucho con vetas de distintos grises, los vidrios esmerilados y las paredes pintadas en un vinilo que recordaba la textura del chicle que escupíamos y pegábamos debajo del pupitre cuando el profesor miraba para otro lado. La suma de aquellos elementos intrínsecamente inofensivos creaba una atmósfera difícil de definir y desencadenaba en mí un terrible desasosiego. Ni siquiera la pequeña biblioteca donde se apilaban, coloridos, los libros para niños, lograba atenuar el malestar que me causaba aquel lugar.

Mi primera reacción fue la de examinar por dónde podría huir de aquel cuarto de hospital en el que ya sabía que iban a encerrarme. No parecía fácil porque una malla de alambre protegía la ventana. Pero como las sábanas se veían frescas y tirantes, mi ansiedad inicial se disolvió en cinismo. Además, me repetí, allí estaría protegido por unas semanas: nadie podría entrar a un sitio como ese sin tener que sortear varias barreras. La pelirroja me hizo otra vez toda clase de preguntas y fue consignando mis respuestas en unas formas alargadas que sostenía sobre una tablilla. Esta vez

18

contesté todo con una sinceridad tan ridícula que me asombré yo mismo.

El escote de la médica —días después supe que era la jefe de enfermeras— dejaba ver un pecho lechoso, lleno de pecas grandes y desordenadas. Eran casi manchas, un verdadero mapa con bahías y penínsulas que me remitió a un recuerdo antiguo e inaprehensible.

Ya aquello me lo sabía: tres semanas de aislamiento, como mínimo, sin pisar la calle, sin visitas, sin llamadas telefónicas. Me lo anunció esa misma noche una enfermera con una sonrisa socarrona. Me encogí de hombros. ¡Como si yo tuviera a quién llamar, o a alguien que quisiera visitarme!

Al día siguiente Aurelio volvió con un maletín cargado de cosas y desapareció, porque así lo decía el reglamento. Después de meses de indigencia aquel menaje parecía un despropósito, una borrachera de lujos que incluía chocolates, camisas, calzoncillos, libros y medias. Y cigarrillos. Muchos cigarrillos. Los chocolates me los confiscaron, tal vez porque un adicto también puede matarse a punta de sacarosa. Los cigarrillos no, porque ellos saben que en el humo *los internos* exhalamos nuestras penas.


Me habría gozado aquel tiempo de encierro si no fuera porque el insomnio volvió a joderme. La naltrexona, dijeron. Ya se me pasaría. Y pasó. Pero no fue gracioso despertarme durante semanas a las dos horas de haberme dormido, en aquel lugar donde otros insomnes como yo rondaban como almas en pena, y donde había cámaras y espejos vigilantes, y rejas, sobre todo rejas. Claro que en el día los médicos hacían su tarea. Podrá, repetían. Es cuestión de tiempo. Y de ocupar esa maldita cabeza. De trabajar en equipo. De reunirse en grupo a oír el sermón del fanático de la Biblia. Y el llanto del que quemó todos los cedetés de la familia en un ataque de locura, del que odia a su madre y le dio una tunda que la mandó al hospital, del que se arrojó por la ventana de su cuarto y apenas si se rompió las piernas. Las historias del adicto al jarabe para la tos.

Como siempre, supe camuflarme con una habilidad pasmosa. Sonreír. Fingir que creía en los doce pasos, en los que no puedo creer porque todos están colgados de la mano de dios, y yo soy el único dios que conozco. Un dios de arcilla. Hice carteleras. Sembré cebollas. Subí seis kilos en cuatro meses, porque los medicamentos nos desatan el hambre. Y tres veces a la semana entré al consultorio de Andrade, un hombre de hombros anchos y cara cuadrada, que siempre va vestido de *sport*, con ropa fina. Más que un médico parece uno de esos actores de cine de edad madura que enloquecen a las mujeres. Cuando habla, unas goticas de saliva se le acumulan en las comisuras. Aurelio lo llama Luis, porque lo conoce desde sus tiempos universitarios.

*Eres soberbio*, me dijo Andrade.

Y no le dije que la soberbia siempre había sido para mí apenas una pobre forma de supervivencia.

Después de mes y medio volvió Aurelio. Nos sentamos en un lugar apartado, sobre una montañita de hierba del jardín del centro de rehabilitación, como dos colegiales escapados de clases. Desde donde estábamos podíamos oír el canto metálico de los carboneros y atrás, en los corredores y en el patio de piedra, el murmullo de las conversaciones entre *los pacientes* y sus familiares. En esos lugares, en los días de visita todo el mundo habla en voz baja, como intimidado por el temor a lo terrible. Yo me había quitado los tenis, que llevaba sin medias, porque quería sentir el contacto de la hierba; sobre el verde mis pies parecían dos animales exóticos, dos peces oscuros y chatos que hubieran sido golpeados por piedras. Donde antes había una herida ahora se veían tan solo manchas oscuras. A pesar de que era ya media mañana y hacía sol, el frío de la intemperie me producía un estremecimiento saludable que erizaba mis brazos. Aurelio me preguntó si había sabido algo de mi papá. Así formulada, la pregunta era extraña; en realidad era mi papá el que no había sabido de mí durante los últimos años. Pero intuí de inmediato hacia dónde iba. Negué con la cabeza. Mientras lo hacía dije, secamente: *Estará muerto*.

21

Aunque no había nadie alrededor, hablábamos en un susurro. Como si resolviera una tarea, le dije que era claro que si en estas semanas no había aparecido era porque había muerto. No le hablé del día en que estuve sentado durante horas al frente de la casa, hasta comprobar que las que salían y entraban eran personas desconocidas.

Me confirmó que había muerto hacía catorce meses. Como tres años después de *tu desaparición*, dijo. En vez de reaccionar a esa noticia, y mientras oía que Aurelio hablaba de una cardiomiopatía isquémica, me puse a pensar en la palabra *desaparición*, que me remitía a una historia policial, a un secuestro o a una novela de misterio.

La confirmación de esa muerte en medio de la mañana soleada no me produjo el dolor convulsivo que uno imagina en esos casos. Tuve más bien una sensación de nostalgia, como si repasara un recuerdo lejanísimo; tuve, también, una conciencia abrumadora: estaba solo, no tenía ataduras familiares, no me debía a nadie. Esa certidumbre me produjo una sensación de alivio: en cierto modo aquello era una liberación. Por eso fue tan extraño que de un momento a otro se me encharcaran los ojos y las lágrimas empezaran a caer, pesadas, redondas, odiosas. Hacía mucho que no lloraba. ¿Cuánto? La última vez, pensé, debió ser la noche aquella. Mientras caminaba por el borde de la carretera iba llorando, muerto de rabia, como cuando se murió Elena y cogí el mundo a patadas. Sólo que esa noche la rabia era otra, más física, si se quiere, porque estaba acompañada del más puto de los miedos.

Aurelio se me acercó y yo me encogí bajo su abrazo, que me incomodaba.

*Me tienes a mí*, dijo.

No quise contestar nada a esa frase sentimental. Y me odié por ello.


Un sanatorio es un lugar donde el orden ha sido diseñado con minucia a fin de ahogar el caos: un mundito de disciplina y control que contiene, como una jaula de alambre, unos pájaros medio pasmados que siempre están pensando en cómo escapar de los vigilantes, pero sobre todo de ellos mismos. El tiempo corre en esos lugares de otra manera, se siente en los oídos como el goteo de una canilla en medio de la noche. Todo tenía su momento exacto: el ejercicio, las tareas manuales, las comidas, las sesiones de interacción en grupo. Las odiaba. Había en ellas algo de *mea culpa* cristiano, de impudicia, de autocompasión, de complacencia. Nos levantaban a la misma hora, nos encerraban en nuestras habitaciones a la misma hora. Los mandamases lo saben: nada mejor que plegarse al orden y a la rutina para conjurar la ansiedad o el desasosiego. El desorden está sofocado, pero sigue vivo en cada cerebro, crea sueños que hacen sudar, gemir, gritar. Se encierra en el baño, se convierte en semen y a veces en sangre. Se manifiesta en pequeñas perversidades, en lágrimas y en rezos secretos. En bocas que no saben cerrarse, en manos flácidas, en pies que se rinden.

Yo no me involucraba con casi nadie, pero tampoco me daba aires: siguiendo la lección aprendida durante años, me hacía una larva capaz de mimetizarme. Los médicos eran buenas personas. Había algunos viejos, pausados y desdeñosos, pero muchos eran principiantes, tipos condescendientes que a veces parecían turbados frente a nuestras necedades. Porque las había, y de qué manera. Babas, manías, llantos. Se hablaba de suicidios, pero esa vez nunca vi uno, y cuando a mí me preguntaban por qué estaba internado, contestaba con la misma verdad que me había servido ya otra vez, pero sin hacer énfasis: mi hermana había muerto en un accidente, decía, y la ansiedad se había apoderado de mí. Algunos me miraban indiferentes. Otros me compadecían y callaban.


Cuatro meses después me dieron de alta. Atardecía cuando entramos al apartamento de Aurelio. La luz oblicua que entraba por la ventana ponía destellos en el terciopelo de las poltronas y se volvía líquida en el vidrio de los anaqueles llenos de libros. Un olor que se desprendía de los muebles viejos, del piso de madera —¿a polvo apelmazado, a tabaco, a jabón?—, me devolvió de golpe a un recuerdo impreciso. Y tuve la sensación, que después iba a confirmar, de que había estado allí alguna vez.

Mientras él calentaba agua para hacer té, pensé que los recuerdos más vívidos que tenía de Aurelio no eran los de los últimos días en que lo vi con mi papá, sino los de mi infancia. Recordaba perfectamente sus regalos: una pluma de tinta verde para mí y una de tinta morada para mi hermana. Un libro de cuentos ilustrado: *El regreso de Telémaco*, se llamaba. Merengues rellenos de chocolate.

Algunas cosas había ido sabiendo sobre él en mi adolescencia: que era arquitecto, pero no ejercía, que había sido compañero de colegio de mi papá, que había enviudado de una mujer rica, que no tenía hijos. Desde mi cama yo los oía reír mientras jugaban cartas y, sobre todo, oía las carcajadas de mi mamá, que le celebraba todas las bromas. Siempre me pregunté cómo un hombre tan expansivo podía ser amigo de mi papá, que era seco como un esparto, austero como una vara llena de nudos.

Té era algo que no tomaba hacía mucho tiempo. Cuando el sabor amargo subió por mi garganta, una burbuja estalló en mi cerebro y me humedeció los ojos. ¿A qué se debió esa emoción estúpida? ¿Ese sabor había jalado la pita del recuerdo de Ola, o sencillamente la sensación de estar con alguien que me acogía en su casa, en eso que llaman *un hogar*, me causaba esa perturbación inoportuna? Aurelio, que advirtió que algo pasaba, enrojeció pero no dijo nada. Y tal vez para disimular su azoro, prendió el viejo televisor que colgaba de la pared. En la pantalla una mujer negra y gruesa cantaba, en portugués, una melodía tristísima que decía: *C'ma vida tem um sô vida.*

# 2

Empecé a obsesionarme con este lugar hace unas semanas, a anticipar el frío de sus habitaciones, el olor a naftalina de los armarios, el sonido del agua en las cañerías, todo lo que mi cerebro recordaba con nostalgia, y me vi allá, es decir aquí, viviendo a mis anchas, sin la opresión de la mirada vigilante de Aurelio.

La casa está achacada. Hay grandes manchas de humedad en las paredes que hacen que un olor a moho flote por todas partes. Algunos colchones también están húmedos o tienen agujeros por los que se escapa la estopa. Hay tejas rotas, la pintura está descascarada y las vigas de madera deben tener gorgojo porque hay un polvillo pardo por todas partes, sobre los marcos y en los brazos de los muebles. Al abrir la llave del lavaplatos, un chorro de agua azafranada salió entre hipidos y estertores. La cocina evidentemente fue desmantelada en estos años, de modo que apenas hay dos o tres ollas con los culos abollados y negros, platos y pocillos desportillados, un solo vaso de peltre y unos pocos cubiertos ordinarios. La ropa de cama, en cambio, está cuidadosamente doblada entre los armarios y todas las almohadas son cómodas, aunque las fundas que alguna vez fueron blancas tienen ahora un color café con leche. Hace frío —la casa siempre fue fría—, pero me gusta sentir la altura de los techos, que crea un eco que multiplica mis silbidos, y volver a oír el crujido nocturno de la madera ocasionado por los cambios de temperatura.

Aurelio me trajo hasta aquí en su viejo Skoda. Cuando abrimos los postigos, el sol de la tarde se aposentó, lánguido, sobre los sofás de la sala, y de la penumbra fueron emergiendo las alfombras enrolladas contra la pared, los armarios, las mesas, las lámparas que nadie había movido jamás de su lugar desde mi adolescencia, o tal vez, incluso, desde que yo era un niño. Sobre las mesas no había casi nada. Era evidente que una mano cuidadosa había guardado los portarretratos con las fotografías familiares, los floreros y las espantosas porcelanas que yo recordaba que habían perseverado por años en su sitio después de la muerte de mi abuela. Aurelio, como tratando de darme ánimos frente a aquel espectáculo ruinoso, alababa de vez en cuando la solidez de la casa, la belleza de algún mueble; al sótano, que era el lugar donde jugábamos de niños, apenas si nos asomamos —está lleno de cajas con libros y papeles, de muebles viejos, de herramientas, de potes y tarros de pintura—. La habitación de Elena es la única que está cerrada con un candado que asegura las dos armellas. Abrimos cajones y armarios e hicimos un pequeño inventario de lo más necesario. Pusimos algunos bombillos, acomodamos la comida que traíamos y tratamos de limpiar un poco.

Consigno todo esto con acuciosidad de escribano, obligándome a un método que me permita ir metiendo la cabeza, lentamente, en el banco de niebla que es mi pasado. A eso he venido a esta casa.


Hubo un tiempo en que frecuentamos mucho este lugar. Pero cuando vinieron, una a una, todas las muertes, comenzamos a espaciar nuestras venidas y mi papá terminó por desentenderse de la casa, hasta que ya no volvimos nunca. Por Aurelio me enteré de que a los cuidanderos se les paga un sueldo para que la mantengan limpia y poden la hierba, desenmarañen los árboles del jardín y limpien las acequias, aunque desde que no volvimos era fácil ya anticipar su ruina.

*No creo que vayas a durar mucho aquí*, me pronosticó ya en la puerta, moviendo la cabeza de lado a lado. En la mirada que involuntariamente me echó en ese momento adiviné sus secretos pensamientos, pero hice como si no me diera cuenta. Me dio un abrazo brusco, excesivo, como si no me fuera a volver a ver en mucho tiempo y yo me quedé en el umbral mirando cómo caminaba hasta el carro con la cabeza un poco echada hacia delante y los brazos arqueados y separados del cuerpo, como un vaquero viejo.

Ahí me quedé todavía unos minutos viendo cómo se alejaba por la carretera. En el manojo de llaves seguramente estaba la que me permitiría abrir esa puerta. Es la habitación del hechizo, pensé repentinamente sin aire, como si ella encerrara un monstruo vivo. Recordé un cuento en el que alguien lava la sangre de las paredes y esta reaparece cuando el personaje cree que ha terminado su tarea y, por asociación, el cuento de *Barba Azul* y la alcoba prohibida. Luego, sin saber bien qué hacer, me puse a dar vueltas. Era domingo, atardecía, y en el aire había olor a quemas. Un montoncito de nubes color pizarra se había detenido justo encima de la casa, como una insensata amenaza de lluvia en medio de la tarde luminosa. Un perro chandoso, salido de la nada, empezó a dar vueltas a mi alrededor. En ese momento vi que llegaba una mujer joven, rústica, de piernas arqueadas, seguida de un muchacho con ese corte de pelo extraño que suelen tener los niños con síndrome de Down, y una sonrisa en los labios gruesos, rojos y húmedos. La mujer me examinó con alguna extrañeza. Puede ser que me viera como un prófugo o como un expresidiario, que mi figura no correspondiera en su cabeza con la idea que podía haberse hecho de mí cuando la llamamos por teléfono. Y es que con mi gorro gris de lana y mi cara sin afeitar debo tener todavía un aire menesteroso.

La mujer se llama Eulalia, es la sobrina de Marcos el antiguo cuidandero, y tiene una cara plana y algo anodina, pero cuando sonríe se parece a la muchacha que se asoma en *Mujeres en la ventana,* de Murillo. Vive en la casita que construyeron mis abuelos antes de que yo naciera, al fondo del solar. A su alrededor hay un jardincito cuidado, pero más allá todo está enmontado y en uno de los costados, regados de cualquier manera, hay restos de material de construcción. Cuando se acercó me olió a coliflor mezclada con detergente. Ahora sé que su hijo se llama Jonathan y que tiene dieciséis años. Les pedí que me consiguieran fósforos para prender la estufa, pero ella me explicó que no había gas, que tenía que ir a la distribuidora por él o esperar a que pasara el carro repartidor, y se ofreció a compartir su café conmigo. Un rato después me trajo un pocillo grande de tinto endulzado con panela y una arepa caliente. El café tenía un sabor a petróleo que me produjo náuseas. Tan pronto se dio la vuelta lo eché por el sifón del lavaplatos.

*Construir rutinas, ocupar las horas,* eso es lo que machacó Andrade en mis oídos durante estos últimos meses y lo que yo me repito como un mantra. Así pues, como un reinsertado social con buena conciencia, que se supone que es lo que soy, desde que llegué aquí divido mis días con tanto rigor como puedo. El tres es mi número sagrado: tres comidas, tres dosis, tres cuadernos: este, en el que me devuelvo agarrado del hilo de una historia; otro, en el que me dejo ir amarrado a las palabras, en el que permito que escriba el descarriado, el que me maldice al oído o se sienta de lejos a mirarme, a veces con benevolencia, a veces con ojos de reproche. Y un tercero, donde dibujo. La mano es en cada caso una prolongación de mis tres cerebros, el racional, el reptiliano, el límbico. A veces los tres están activos. A veces uno de ellos duerme, o espera un llamado. Los alimento con café y cigarrillo, como en la más obvia serie de televisión, hasta que se vuelven incoherentes y se rinden. Pero no escribo para darle gusto a nadie, ni para probarme nada, y ni siquiera para entender: escribo sólo para leerme, para creer que tengo una biografía, que no soy un fantasma. La escritura es el bisturí con el que me hago pequeños cortes por los que a veces mana sangre. El lazo que me he amarrado al cuello para no seguir huyendo.

Eulalia hace caldos, sancochos, arroz todos los días. En las mañanas, arepas doradas, crujientes, que mastico lentamente para no olvidarme del hambre, de los días en que el vacío trepaba desde los intestinos llenos de burbujas dolorosas hasta la garganta y se asentaba definitivamente en la boca, que salivaba enloquecida al soñar con un filete, un caldo, un pedazo de pan. Todo aquello que no pasaba por mi lengua se me subía al cerebro y era ya todo lo que había en él. Entonces el hambre se hacía nudo y rabia y visión borrosa. Hasta que algo aparecía en el horizonte. Frutas medio descompuestas, pega de arroz, fríjoles trasnochados.

En la carretera el hambre siempre encuentra quién la sacie. Pero en la ciudad no: en ella el hambre es fría, como la mano de un muerto. Por eso terminaba muchos días en la fogata de Lucas, que se encendía alrededor de las ocho y era como un faro donde iban llegando náufragos. En la gran olla de Lucas cabíamos todos siempre que trajéramos algo o pudiéramos pagar por ello. El fuego purificaba lo recogido, las orejas de cerdo, el chunchullo, la ubre, lo mordido, lo desechado, lo que ya empezaba a descomponerse. De vez en cuando dos o tres se enzarzaban en una pelea porque yo traje el costillar o ese tarro es el mío y hasta podía brillar el filo de una navaja o un trinche, pero Lucas, como un gran chef de la noche, hacía de árbitro con la autoridad que le daba ser el dueño del fuego, del territorio, de la marmita. Porque en la calle todo cuesta, hasta arrimarse a los leños para calentarse las manos bajo la luz helada de las estrellas indiferentes.


Cuando renuncié a mi cargo de profesor quería tiempo. Y rápidamente lo conseguí. Si lo miro bien, en todos estos años lo único que de verdad he tenido es tiempo. Mis días, como siempre, son largos, larguísimos. Más largos todavía que antes, ahora que estoy *limpio*, como se dice en la jerga de los recuperados.

He vuelto a las viejas manías, a los días en que rellenaba páginas hasta la madrugada. Mientras lo hago, siento que mi ansiedad tiene mucho de euforia, de borrachera, de remolino en el pecho y sangre en el cerebro. Y aunque ahora duermo más que en el hospital, despierto agitado y confuso, como siempre desde que recuerdo, con las axilas empapadas y calambres en las manos, sin deseos de levantarme. Pero no me amilano. Sé que las primeras horas del día son las más difíciles y que debo reptar por ellas hasta acostumbrarme a la luz e instalarme en ella. Durante meses la tarea fue sobrevivir. La de ahora es vivir, que no es menos difícil.

Para entretener las horas he empezado a rehacer la huerta que alguna vez hubo en el solar, a tratar de mejorarla. Me ayuda Eulalia y a veces Jonathan, aunque a regañadientes. Parece manso, pero tiene un genio maldito, que de pronto revienta en unos aullidos horribles. Creí que era su hijo, pero no, resulta que dizque es su hermano. O al menos eso dice Eulalia. Ella y yo debemos tener la misma edad. Su juventud robusta es la de una mujer campesina, fuerte y diestra, con un humor malicioso a pesar de ser muy callada; la mía, en cambio, es una juventud violenta, la de una fruta de carne blanda y corazón duro.

Ella tenía sembradas hierbas en unos tarros en su cocina y decidimos trasplantarlas, abrir surcos, conseguir abonos. Está entusiasmada con cultivar lechugas, zanahorias, nabos. Trabajamos una o dos veces en la semana, sudamos, nos llenamos las manos de tierra. Desde lejos quizá nos vean como una pareja bien avenida. Y en realidad lo somos: no hablamos mucho, nos entendemos con simples gestos, empezamos a sentir simpatía mutua. Ella cocina en su casa. De vez en cuando lo hago yo aquí sin mucho éxito. Los primeros días le insistí que se sentara a comer conmigo, pero cada vez que lo hice se negó, primero con una sonrisa coqueta y luego de manera seca; entonces ya no insistí. Almuerzo en el viejo comedor, desde donde se ven la montaña y el bosque de pinos, en mi esfuerzo por sostener unos rituales mínimos de vasos, platos, servilletas, para dejar atrás al que comía con la mano en tarros ahumados. Y siempre desayuno en la cocina, donde por las mañanas, cuando hay sol, la luz pega en las baldosas formando círculos dorados como monedas.

También, bajo el brillo enclenque del único bombillo, he empezado a explorar los chécheres del sótano: las carpetas repletas de papeles y las cajas de libros, unos de mi papá, otros míos: de ciencia, de filosofía, novelas, poesía. He empezado a ubicarlos en uno de los estantes de la sala pequeña y algunos los abro sólo para meter mi nariz entre sus páginas. Huelen a talco, a pieza cerrada, a goma, todos olores agradables que despiertan antiguos recuerdos en mi cerebro. He acomodado una vieja mesa de madera en mi habitación, a manera de escritorio, y en ella escribo hasta la madrugada. A veces me veo como un preso que debe aprender a manejar sus horas, a veces como un holgazán que disfruta de una irresponsabilidad dichosa.

Entre todos los libros escogí *De la brevedad de la vida* para empezar de nuevo a leer. La vida es breve y el arte largo, escribe Séneca. La frase es de Hipócrates y tiene una segunda parte, que leo como un mensaje cifrado: la ocasión, fugaz; la experiencia, engañosa; el juicio, difícil.


Miro el pasado como las moscas, con cientos de ocelos, para detectar los espectros luminosos de la memoria que habitualmente no podemos ver. Y San José aparece y desaparece entre la nostalgia y el miedo. En sus cantinas los hombres bebían sin parar para creer que eran invisibles, para poder gritar a sus mujeres cuando llegaban a sus casas, para olvidar lo que habían hecho ese día en el monte, para dejar sobre las mesas de tablones baratos el cansancio que arrastraban del día polvoriento que les había hecho sudar sus ropas. Bebían para sacudirse el miedo de encima, pero el miedo seguía flotando como una nube oscura después de que se iban y yo me dedicaba a recoger botellas vacías y a limpiar la madera con lejía. A algunos el trago les aflojaba la lengua y por eso muy de vez en cuando se sabía que Luis no había vuelto a su casa, o que a Francisco, el carpintero de La Alborada, que era un auxiliador, lo habían encontrado en una zanja con dos tiros en la nuca y la cabeza hirviendo de moscas. Cuando oíamos una historia así, el silencio caía como plomada sobre el mostrador donde Vicente servía cerveza y aguardiente, todo el mundo se quedaba de piedra, las miradas clavadas en sus vasos a medio llenar. Hasta que unos minutos después alguien sentenciaba algo semejante a que la vida es breve, como escribió Séneca repitiendo a Hipócrates, y pedía que pusieran de nuevo la canción esa que estaba de moda, para aplacar el tucutucu con ruido, con más y más trago y más ruido, hasta que sus cerebros ya no oyeran nada de nada.

Mi primer impulso al llegar aquí fue no dejarme ver. Es posible que algunos recuerden lo que pasó, pensé, y en caso de reconocerme me miren con curiosidad o con lástima. Así que durante el primer mes, Eulalia fue al pueblo por lo que empezaba a hacer falta. Pero hoy se me ocurrió que han pasado ya casi quince años desde que murió Elena, que estoy irreconocible y que ya medio pueblo debe saber que la casa está habitada otra vez, así que me decidí a ir al pueblo, más por ganas que por necesidad.

Hacía una temperatura agradable, no había viento, el camino olía a eucalipto y a bosta de vaca, y el cielo de las cinco de la tarde tenía nubes de un amarillo cúrcuma. Dejé que me invadieran todos los olores, todos los sonidos, y me entregué a ese estado de plenitud que da caminar al aire libre, ser sobre todo cuerpo, respiración, sentidos. Caminé diez, veinte minutos, embebido de aquel bienestar, antes de sentir que alguien me seguía los pasos. Me volteé para mirar, con esa aprehensión que he desarrollado en los últimos tiempos, pero no vi a nadie. Respiré con alivio, aunque durante un rato la sensación persistió con una nitidez estremecedora. Como ya otras veces a lo largo de mi vida había sentido la cercanía de una presencia, recordé las palabras de Andrade, mis entrenamientos, el mandato que debía darme, y entonces, para espantar el miedo, me puse a jugar como cuando era niño e iba con Elena, que se retrasaba: daba unos pasos, me detenía abruptamente y me giraba, como para sorprenderla. Me dio risa de mí mismo, de mi pobre recurso. Cualquiera que me viera pensaría que estoy loco.

Y sí, probablemente lo estoy.

La presencia me acompañó por un buen trecho, dócil y callada, pero terminó por aburrirse y se esfumó. Todavía con aquella sensación en la nuca, erré por el pueblo, comprobando cómo había cambiado: ahora hay dos hoteles en la plaza —uno de ellos tiene el nombre en llamativas letras verdes sobre la fachada pintada de rosado—, una heladería, una sucursal de banco, algunas tiendas nuevas, pero sigue siendo el mismo lugar adormilado. Busqué un supermercado, compré dos bombillos, vasos de vidrio, fósforos y cigarrillos, agua en botella, papel *toilette* y varios cuadernos de espiral. Qué melindres, me dije, no sin cierta satisfacción. Después me senté en el rinconcito de una panadería y pedí una Coca-Cola. A mi alrededor se hizo un vacío: un desconocido en un pueblo de este país, pensé, siempre puede ser tomado como una amenaza. Los hombres de las mesas vecinas me echaron miradas con disimulo. Yo los escruté, también de reojo: campesinos del altiplano, jóvenes y viejos, bruscos, de pieles enrojecidas y manos gruesas, con los dientes cariados o relucientes de oro y plata.

Ahí sentado, contemplando los robustos nogales del parque, dejé que mi cabeza se llenara de imágenes de otros tiempos. Recuerdos vueltos hilachas, que Andrade seguramente agradecería.


Mientras estuve en el centro de desintoxicación —esa fórmula eufemística que reemplaza las palabras *manicomio, cárcel, casa de reposo, sitio para esconder la locura o para acabar de volverte loco*—, jamás vi a Andrade perder la paciencia ni el buen humor, ni siquiera cuando me enfurruñaba o maldecía en voz baja. Tampoco se desconcertaba con mis largos silencios. Por el contrario, parecía sentirse cómodo en medio de ellos, estar dispuesto a esperar una eternidad a que yo abriera mis labios. A veces, incluso, me recordaba que estaba en mi derecho de tomarme todo el tiempo. En esto consiste mi oficio, parecía sugerir, me pagan por oír o por no oír, lo mismo da. En mis mejores momentos yo trataba de buscar palabras, de juntarlas, de hablar de lo que él quería, o sea de mí, pero lo que salía casi siempre era un bufido o un gruñido, una especie de lamento grotesco que me sorprendía porque era involuntario.

Andrade me dijo que volver a escribir podía fortalecer mis vínculos con lo real. Esa noche me pellizqué los brazos mientras me repetía, sonriendo, *lo real.* ¿Pero no vengo yo, doctor Andrade, de atragantarme de realidad, de sorberla hasta la médula? Entonces él, anclado en el techo de mi cuarto, con sus alas de murciélago extendidas, volvió a preguntarme, abriendo sus ojos huérfanos, ojos de vaca como los de Paul Auster, si haber metido mis narices en lo más nauseabundo de la puta realidad quizá no había sido sino una manera de eludirla. Recordé las palabras de un autor que he leído mal: que la huida es a veces un llamado de socorro y a veces una forma de suicidio, pero que con ella se experimenta, al menos, un breve sentimiento de eternidad, porque nos permite cortar los lazos con el mundo y también con el tiempo.

*Sí*, escribo, *quizás haya estado huyendo desde siempre.* Cuando era todavía un niño, flacucho y sin palabras, me acostumbré a dar vueltas al patio durante los recreos, pateando las piedras con suavidad para disimular mi angustia y contando los minutos que iban a salvarme de mi vergonzoso aislamiento. Creo que desde entonces los demás me percibieron como lo que soy: un ser ajeno, inabordable, espinoso. Es verdad que a veces me rodeaban mientras dibujaba, que lanzaban exclamaciones cuando veían cómo iban surgiendo los monstruos alados del papel en blanco, pero hasta ahí llegaba su interés. Con mi silencio yo fui construyendo minuciosamente los barrotes de mi jaula, desde la que miraba a los demás sin aspirar siquiera a una palabra suya, convertido en un pájaro agreste, opaco y rudo, que ni siquiera querría volar cuando le abrieran la compuerta.

Los libros vinieron a alivianar mis días. Hundí por años mi cara entre las hojas brillantes de mi enciclopedia para niños y me emborraché con su olor indefinible, sus dibujos elementales, que después se me revelaron de un anacronismo fascinante, con la sensación de que mi yo se diluía en medio de esas páginas. Huyendo de mí mismo fui todos los personajes de mis libros infantiles mientras descubría, como ya alguien escribió, que la vida siempre está en otra parte. Las palabras se alimentaban de mi carne, engullían mi cuerpo y yo era, durante tardes enteras, casi una entelequia, una abstracción, un cerebro ingrávido que sorbía fantasías.

Pero apenas podía, mi cuerpo se vengaba: todo el aparataje misterioso que trabajaba silenciosamente dentro de mí empezaba a emitir señales, ruidos, a lanzar mensajes desasosegantes. Yo cerra-

ba los ojos y trataba de imaginar el esófago, los ri-
ñones que me jugaban malas pasadas, el enredo de
mis intestinos siempre adoloridos, y sólo veía un
paisaje cavernoso, un laberinto intrincado hecho
de materias blandas, húmedas y velludas, que no
me daba confianza. Ese otro yo me atormentaba,
porque encerraba un germen de muerte cuya única
tarea sería crecer solapadamente hasta que llegara
la hora de la mordedura. Y esa espera sin fecha fija
me creaba una ansiedad que se marcaba en las líneas apretadas de mi mandíbula.

Estaba en plena adolescencia cuando decidí
que, ya que jamás iba a encajar en el conjunto,
participar en todo era la manera más hábil de pasar
de agache. Si iba a alguna fiesta, permanecía sentado como si hiciera parte del grupo, a menudo con
una sonrisa ambigua en los labios, que a veces parecía burlona. Sabía bailar porque Elena me había
enseñado, pero no me animaba a sacar a ninguna
de aquellas mujeres-niñas que esperaban sentadas
muy juntas, masticando chicle o riendo nerviosa-
mente, un poco excitadas y un poco torpes sobre
sus recientes tacones. No, no era una sensación
agradable: las niñas con sus mechones brillantes
sobre la frente y sus labios untados de *lipstick* color
fresa —que otros besaban y yo no—, y los varones
con sus chistes groseros y sus bromas pesadas eran
como planetas lejanos y yo me convencía de que
era mejor que ellos sólo para no sentir el estruendo
de mi soledad. Encontré así que la arrogancia era la

única manera de conquistar un lugar y de hacerle el quite al miedo que me acompañó desde que nací.

Me amparé, pues, en los libros, en mis audífonos (*I thought that I knew all that there was to, lonely, lonely*, cantaba en mi adolescencia), en mi aire condescendiente, en mis poemas abstrusos y en los dibujos que hacía en los márgenes de los cuadernos mientras el profesor exponía, para asegurarme de parecer una persona desdeñosa. También fue por aquellos años que descubrí a Akira Toriyama y me volví un adicto fervoroso de Dragon Ball y Dr. Slum. A mis trece años soñaba con besar los labios de Midori Yamabuki, con quien me habría gustado pasar los fines de semana y escalar montañas. No parecía, creo, un ser especialmente desdichado, pero la verdad es que me acostaba casi siempre con una sensación de derrota y me hundía en unos sueños algodonosos donde podían aparecer brazos flotantes o animales de ojos sanguinolentos que me hacían despertar sobresaltado y húmedo. Pero ahora que lo pienso eso fue así siempre, porque ya a los seis o siete años había empezado a sentir la respiración de la muerte en la quietud de los objetos: los zapatos me miraban desde sus agujeros, el árbol de mi ventana despertaba mis desasosiegos, el ángulo del tejado se me antojaba una amenaza. Cuando cerraba los ojos antes de dormirme sentía que me resbalaba por un inmenso tobogán que iba a dar a un pantano de oscuridad del que ya no regresaría.

Me despertaba sintiendo que me faltaba el aire; buscaba entonces la cama de Elena y me deslizaba debajo de sus sábanas. Ella dejaba que me acurrucara sobre su espalda y le pasara la mano por la cintura. Me gustaba meter mi nariz en la curva de su nuca, sentir su olor a leche agria mezclado al del champú marrón con que nos lavábamos la cabeza todas las mañanas. Permanecía un rato así, muy quieto, porque siempre temía el rechazo. Luego me dejaba arrastrar por el sueño, con la convicción de que mientras Elena respirara cerca de mí nada podía pasarme. A veces, sin embargo, el amanecer con el olor de las tostadas en la cocina o el ronroneo del carro de la basura volvían a hacerme sentir lejano. Nada podía salvarme.

Releo estas páginas y veo que tiendo a victimizarme, que enfatizo aquella fragilidad de mi infancia y mi adolescencia, tal vez porque cuando hacemos un balance de nuestro pasado tendemos a minimizar las horas felices, y, más aún, ese tiempo muerto que ocupa la mayor parte de nuestra vida, el que habitamos casi sin darnos cuenta, envueltos en la rutina, sin conciencia de si somos felices o desdichados, con esa laxitud de perros echados tomando el sol sobre unas deliciosas baldosas frescas. Lo que sí sé es que mi adolescencia estuvo atravesada por exaltaciones del alma que nunca le han faltado a mi vida, ni aún en los peores días, aquellos en que recorrí medio país con una botella en la mano y los pies ampollados, o en los que me arrastré como un perro por una ciudad que sólo me mostraba su entraña podrida, y donde hasta en el más oscuro rincón parecía estar expuesto, desnudo, ser un trozo de carne listo para los dientes de los perros hambrientos. A los quince años descubrí que una bicicleta y el viento sobre mi cara podían ser una forma suprema de felicidad. Salía al final de la tarde y erraba por sitios distintos cada vez, buscando calles solitarias, sintiendo cómo los visos naranja del sol en un ventanal, o mi sombra en un muro o el retumbar de un balón en un parque semidesierto, o simplemente la velocidad en una carretera vacía, me ensanchaban el corazón, me agitaban las sienes, me producían un cosquilleo similar al que logra la mano que nos acaricia la nuca, que juega con el lóbulo de nuestra oreja. Alguna vez hice descubrimientos significativos: una iglesia vacía en la que un músico tocaba el órgano, una tienda de juguetes y cómics antiguos, un terraplén desde donde se podía ver la ciudad con su brillo diurno. Muchas veces, también, se me vino la noche encima y regresé respirando el humo asfixiante de los exhostos, sintiéndome un guerrero urbano, concentrado y vibrante. Volvía a la casa como una caja de resonancia, ebrio de realidad y a la vez asombrado de que cosas tan nimias me pusieran en ese estado de excitación, que yo trataba de prolongar un rato más, a veces echado sobre la cama, con los audífonos puestos y la música a todo volumen, o simplemente tratando de explicarle a Elena aquello que había visto. En esos intentos comprobé que mis palabras sonaban siempre tontas, ineficaces, débiles. Ella, sin embargo, me oía con cara de interés, con una sonrisa levísima que era estimulante y cálida como un abrazo.

Cuando era un niño tenía claro que iba a morirme pronto porque me daban ataques de asma, porque me latían las sienes dolorosamente, porque de vez en cuando sentía un hilo caliente corriendo por la barbilla y era mi nariz, que sangraba sin razón alguna. Pero no fui yo el que se murió sino mi madre. Fue una verdadera sorpresa, porque durante los muchos meses que estuvo en cama yo me había hecho a la idea de que la suya era simplemente otra forma de vida: que así como los peces dan vueltas en su pecera o los pájaros permanecen dando brinquitos en sus jaulas, así mi mamá viviría en su cama hasta que nosotros fuéramos grandes y nos casáramos y tuviéramos hijos.

En aquella casa, eso sí, el silencio se había vuelto denso y resbalaba sobre las cosas como un jarabe. Elena y yo nos movíamos sigilosamente en el primer piso, conscientes de que allá arriba rondaba el fantasma entumecido de la enfermedad. Si mamá estaba despierta, íbamos a verla. Las persianas permanecían cerradas porque le hacía daño la luz, pero la penumbra, en vez de asustarme, me serenaba; sus ojos se fueron haciendo más grandes y se hundieron cada vez más en su cara perfilada y —o al menos eso percibía yo— los dientes se le afilaron, de modo que cuando sonreía apretaban el labio inferior, que estaba siempre reseco e hinchado. No sé si invento cuando digo que la enfermedad le daba un aura de dignidad y hasta de misterio. Recuerdo todavía el frío de su bata de seda en mi mejilla, la forma en que sus dedos se enroscaban en mi pelo. Su olor amargo, a aceites y medicinas, se me metió adentro para siempre, y después de que la enterramos siguió presente en la casa por mucho tiempo, como un último vestigio del cuerpo que se resistía a dejarnos.

Durante años el silencio alrededor de su muerte la fue sepultando hasta convertirla en un montoncito brumoso, lejano, indoloro. Pero ahora que me ocupo de resucitar el pasado mientras escribo, su recuerdo ha venido a acosarme. ¿Quién fue ella? Esa pregunta apunta siempre a descifrar la juventud de nuestras madres y sólo nos la hacemos cuando llegamos a una cierta madurez, pero además no tiene respuesta cuando se trata de alguien que ya ha muerto, en parte porque la muerte corroe las imágenes, en parte porque la memoria no es sino una suma caprichosa de partes a la que hoy le damos un sentido y mañana otro.

En mi memoria mi madre es una figura irreal, en ocasiones una mera imagen fotográfica, en otras una mujer dorada y frágil con una juventud apabullante que hacía más dramáticos los quince años que le llevaba mi padre o una figura sepia desdibujada por el tiempo y por la muerte. Su risa fácil, adorable, atraviesa los laberintos de mi cerebro creando un eco que me aturde y me llena de tristeza, porque me devuelve a esa parte suya ligera, infantil, que asocio absurdamente con el aleteo de las mariposas. Pero esto que escribo son meras palabras que intentan alcanzar a un ser desconocido, pues mamá murió cuando éramos casi unos niños y mi hermana y yo estábamos unidos a ella de una manera natural, física, la misma que teníamos cuando en su vientre bebíamos su sangre y nos dormíamos y nos despertábamos con el sonido de su corazón.

Cuando teníamos diez años, sin embargo, mamá se fue de la casa por un tiempo interminable en que a veces sonaba el teléfono y Carmela nos lo acercaba con sigilo, como a escondidas, y era su voz del otro lado preguntándonos cómo íbamos, si hacíamos juiciosos las tareas, tratando de explicar que estaba lejos y no podía vernos pero nos pensaba a diario. *Cuándo vuelves*, preguntaba Elena, *cuándo vuelves*, la imitaba yo, hasta la tarde en que Carmela nos llevó a una cafetería, y allí estaba —la recuerdo con un sombrerito y nosotros frente a dos copas enormes de leche malteada de chocolate—, pero tal vez confundo esta escena con la de algún libro o una película.

Casi un año después mamá volvió a la casa convertida en un hada transparente de ojos vidriosos. Había regresado para morir.

A ella, que fue siempre alegre, vocinglera, yo le debía parecer un poco lerdo, demasiado intelectual, tristón. *Cusumbosolo como Gabriel*, decía, con sonrisa benévola, como si eso fuera un mal heredado. Tenía razón: de mi papá heredé el nombre y también los ojos soñolientos, las piernas largas, la inclinación al silencio. Se veía duro, pero no lo era. A menudo se le encharcaban los ojos por una cosa o por otra, aunque sólo lo vi llorar dos veces: cuando nos anunciaron que Elena tenía las horas contadas y cuando enterramos a mamá. A pesar de que él no era creyente, le organizó una ceremonia católica, como seguramente a ella le habría gustado. Alguien llevó un pianista que interpretó lo que debía ser un réquiem. Mi hermana y yo, sentados a su lado, permanecimos quietos. Elena lloraba sin siquiera fruncir el ceño, y su pecho, donde ya se marcaban los senos, se agitaba debajo de su suéter blanco. Sus dedos de uñas recortadas, llenos de cueritos, jugaban angustiados con el cordón de un pequeño bolso tornasolado. Mi padre, tieso como nosotros, tenía los ojos muy rojos, pero sin lágrimas, y los labios apretados de una manera rara, como si contuviera náuseas. No participaba del rito, no rezaba, no se arrodilló a la hora de la consagración, como si cualquier movimiento fuera a desatar un tsunami que nos ahogaría a todos. Tampoco yo lo hice, animado por su gesto, que me parecía de abierta disidencia con Dios, que dejaba que así se muriera mi mamá. Cargó el cajón con la ayuda de Aurelio y de algunos colegas o primos suyos que veíamos muy de vez en cuando. Y ordenó a Carmela que nos llevara a la casa y no al cementerio.

Sin embargo, cuando al final de la tarde regresó del entierro, su llanto me espantó. Habría querido suplicarle que se callara, que no nos permitiera verlo así. En vez de eso, salí corriendo para mi cuarto y me encerré con llave. Tirado de bruces sobre la cama, di patadas impotentes contra el colchón. Mi hermana y Carmela vinieron a tocar a la puerta. No abrí. Sentía que las odiaba, a ellas, a mi papá y al mundo entero.

Mi padre se olvidó de nosotros. Estoy seguro de que trabajaba, y sin embargo mi imagen de él es la de un hombre sentado en un sillón orejero, viendo la televisión con un whisky en la mano y los ojos eternamente líquidos. Elena, que había crecido más que yo, me pasaba el brazo sobre los hombros, me daba besos en la mejilla. Ya desde mucho antes se había convertido en mi madre.

Elena. Escribo su nombre —un nombre antiguo, sólido, como ella—, pero soy incapaz de decirlo en voz alta. Éramos distintos: ella dorada, yo lechoso; sus ojos de un verde terroso, los míos de un marrón muy oscuro; ella de huesos anchos, mientras yo tengo los pómulos filosos de mi padre, pero a menudo tenía la impresión de verme en su cara, en el gesto apretado de la boca cuando estaba enojada, en la forma en que movía las aletas de la nariz, y en eso que llaman el semblante, una sombra móvil que de repente acentuaba sus rasgos recordándome los míos, el hecho misterioso de que alguna vez estuvimos juntos en el mismo útero. Elena nació primero y nunca abandonó esa delantera, ni siquiera cuando se aterrorizaba frente a un asqueroso ratón rosado y se apartaba de él con un chillido repentino para regresar enseguida, corriendo, curiosa, a perseguirlo, aupada por su miedo. Porque con el miedo se abrió siempre camino y me arrastró de la mano, mientras cortaba la oscuridad que a veces nos envolvía.

# 3

El día de mi grado de bachiller mi papá entró muy temprano a mi cuarto después de dar unos delicados golpecitos en la puerta. Su presencia me sobresaltó porque casi nunca me buscaba. Iba todavía envuelto en su bata de levantar, y recuerdo que me fijé en su pecho hundido y en su nuez cubierta por una rojiza piel de pavo, y me pareció viejo. Con la precariedad de palabra que lo caracterizaba, y que otra persona juzgaría como desgano, me propuso que fuéramos a comer esa noche. Aunque no lo dijo, se entendía que era para celebrar. Al restaurante que yo escogiera, añadió.

Celebrar qué, pensé. ¿Aquellos años lentos, mediocres, guiados por maestros que odiaban lo que hacían y que muchas veces nos odiaban a nosotros, adolescentes a los que nos crecía la nariz y que los mirábamos desdeñosos y llenos de impaciencia? Yo había sido un estudiante curioso, pero ensimismado, muy poco carismático seguramente, que odiaba exhibir mis hallazgos. Al fin y al cabo aquel grado era un ritual de tránsito de esos que la gente ha inventado para sentir que la vida es un proceso de avance y había algo conmovedor en la invitación de ese padre con el que desde hacía ya muchos años poco tenía de qué hablar.

Agradecí el gesto, aunque la perspectiva de los dos solos sentados en un restaurante me resultó de inmediato incómoda y aburrida. Acepté, en todo caso, y me dispuse a asumir con estoicismo aquel día infinito. Como era previsible, en la ceremonia de graduación hubo cantidades de cursilerías, entre las que se contaba el ridículo atuendo que nos obligaban a llevar a los graduandos, y en los discursos sólo se oyeron los consabidos lugares comunes. Antes de empezar a nombrarnos uno a uno, el rector le dedicó unas palabras a Elena. Mientras lo hacía, pude percibir que el silencio que ya reinaba entre el público se espesaba, se convertía en una momentánea tensión. Yo ya había ubicado a mi papá en las primeras filas, pero no quise mirarlo, de modo que me concentré en mis manos, que reposaban abiertas y crispadas sobre la tela negra de la toga.

La comida pintó desde el comienzo bastante lúgubre, y no precisamente por la pesadumbre que cargábamos desde hacía cuatro meses, sino por el ambiente solemne que se respiraba en el lugar que yo mismo había escogido en un acto de insensatez y esnobismo. Desde que entré, las columnatas, las lámparas, las cortinas de terciopelo, me parecieron desmesuradas y anacrónicas. Mi padre, hay que decirlo, se esforzó desde el primer momento por no caer en sus consabidos silencios: me contó la historia del anterior dueño del restaurante, que había muerto en cautiverio —como solían decir los periódicos cuando hablaban del secuestro—, y se regodeó en algunos detalles de la ceremonia. El pobre temía aburrirme. Yo trataba de mostrar interés, afirmaba, negaba, decía una que otra vacuidad, aunque por ratos mi mente se perdía, como tantas otras veces, alejándose del presente, de modo que para concentrarme en la conversación debía hacer un esfuerzo considerable, como el del que batalla con la somnolencia mientras alguien perora a su lado.

Sabía que las finanzas domésticas no eran buenas, pero, con una crueldad que no me conocía, fui implacable y pedí el plato más caro de la carta; y aunque odiaba el vino y no distinguía A de B, le sumé una botella de uno cualquiera que me sonó, simulando tomarme en serio aquello de que estábamos en una celebración. Después de las tres primeras copas mi papá empezó a hablar de mi futuro. Él habría preferido que tuviera una profesión más práctica o más lucrativa, que me garantizara una vida más holgada que la que él había podido darnos como maestro de Matemáticas, pero yo había decidido estudiar Filosofía por físico descarte. Durante un tiempo había considerado la Biología, pero luego llegué a la conclusión de que lo que de verdad me gustaba de la naturaleza eran sus formas, las que había descubierto de niño y que había volcado en mis innumerables cuadernos de dibujo, y que su funcionamiento me importaba poco, cosa que no casa con la mentalidad del científico: estaba condenado a tener espíritu especulativo. En algún momento también había pensado en estudiar Artes, pero considerando la época que me tocó en suerte, sabía desde ya que con mis dibujos estaba condenado a ser juzgado como un artesano o un *outsider,* algo que, por otra parte, ya sentía que era. Tampoco estaba hecho para figurar, que es lo que se espera hoy de un artista, y mi ánimo competitivo era casi nulo. Con la Filosofía tendría un trabajo tranquilo de maestro, como mi padre, y podría dedicarme a leer, a dibujar, a caminar, a oír música, las cosas que más me gustaba hacer.

Como tantos tímidos, era frecuente que mi papá se valiera de la ironía, pero en esta ocasión usó un tono serio, que me descolocó. Se alegraba enormemente, empezó a decir, de que hubiera entrado a esa universidad —no a la suya, sino a esa, privada, en la que él había insistido—… blablablá. Mientras oía su voz rasposa, afónica de tanto cigarrillo, me concentré en su figura: en su escaso copete entrecano, un poco grasoso ya a esa hora de la noche, que le caía de cualquier modo sobre la frente, y en sus ojos saltones, aumentados por los lentes. Tenía unos párpados grandes y soñolientos que acentuaban el aire benévolo de su rostro, más semejante al de un viejo y paternal maestro de escuela que al de un profesor universitario, y a pesar de estar muy pulcramente vestido —con el vestido negro que había usado en el entierro de Elena—

tenía, sin que uno entendiera muy bien por qué, el aire levemente desastrado que tuvo siempre. Me pareció, mientras lo examinaba, que era un hombre acabado. ¿Tal vez un mediocre? Aún no lo sé, los hijos conocemos mal a nuestros padres y viceversa. Tal vez era sólo un cobarde, un hombre vencido por sus miedos y sus inseguridades.

El discurso paternal en que se estaba empeñando empezó pronto a sonar tan formal y vacío que lo remató de cualquier forma y los dos nos quedamos callados, como arrasados por un repentino desaliento. Advertí en su cara una tristeza insoportable, la misma que tantas otras veces le había visto. Comprendí que habíamos hablado de todo, menos del hecho doloroso que nos habría gustado compartir, el mismo que flotaba en medio de los dos como una daga. Al ver la cara de mi papá e imaginar la que yo tendría en ese momento, tuve la lastimosa idea de que éramos un par de huérfanos. Yo lo era literalmente, y él también, por supuesto, pero el dolor por la muerte de mi mamá se había convertido, hacía ya un tiempo, en una especie de costra que jamás me detenía a contemplar. En un segundo tuve la visión de mi padre y de mí mismo regresando a la casa, entrando en su silencio, rígidos como marionetas entre nuestros vestidos de ocasión, yendo a buscar ávidamente nuestros cuartos y nuestras camas para huir de nosotros y de nuestras incapacidades, y sucumbí —lo reconozco con asco— a un ataque de autocompasión.

No quedaba casi nadie en el restaurante pero los meseros no se acercaban a recoger nuestros platos vacíos. La grasa que quedaba en ellos empezaba a convertirse en una gelatina pastosa. No había tomado más que dos copas de vino y sin embargo sentí náuseas y una repentina dificultad para respirar. Me paré sin explicación ninguna, en un gesto tan brusco que debió desconcertar a mi papá. Bajé, de prisa y tan seguro como pude, las escaleras que llevaban al baño, que quedaba en el sótano, y sin proponérmelo me miré en el espejo. Entonces —es difícil de explicar— vi a Elena. No como a un fantasma ni como en una pesadilla, sino de la manera más natural del mundo, en mi propia cara: al fin y al cabo éramos mellizos. ¿Éramos? No, aquel tiempo verbal ya no servía. Entonces me arrodillé delante del inodoro y me quedé mirando por un instante el pequeño pozo de agua y sintiendo en el aire el repulsivo olor a rosas del ambientador, antes de que la marejada del vómito me sacudiera y me hiciera cerrar los párpados, detrás de los cuales brillaron luces fosforescentes. Vomité una vez y otra y otra, sin esfuerzo. Y mientras lo hacía, pensé en mi corbata nueva, la única que tenía, que trataba de salvar extendiendo sobre ella mi mano abierta, y en lo que —ay, qué miseria— había costado mi dichosa langosta, aún sin pagar.

Cuando volví a la mesa, seguramente pálido, sudoroso, pero haciendo un esfuerzo sobrehumano por parecer tranquilo y disimular aquel percance, me encontré con que mi padre había pedido un whisky y tenía otra cara, no precisamente desconocida. Era una cara que le había empezado a ver en mi adolescencia y que me producía repulsión y vértigo porque indicaba que se había transformado en ese ser extraño que expresaba cariño de manera desagradable. Nos pasaba la mano por el pelo o por la mejilla a mi hermana o a mí de una forma tan pesada e intrusiva que me irritaba profundamente. Sus párpados se veían tumefactos, pesados, y sobre el labio superior, que se respingaba en una especie de sonrisa involuntaria, había esa mancha pálida que aparece en tantos borrachos. Tenía entre las manos su billetera, antiquísima y raída en los bordes, y sobre ella agachaba y subía la cabeza, como si fuera definitivamente miope. Aquel giro de su expresión se daba de forma abrupta después de tres tragos, o por lo menos yo lo percibía así, y me afectaba siempre porque me daba una impresión de súbito abandono.

Me silencié, pues, me replegué a ese lugar odioso al que me repliego cuando empiezo a odiar el mundo, y esperé a que pagara, sintiéndome un miserable en todo el sentido de la palabra.


Al día siguiente, el primero de unas vacaciones que me lanzaban a un mundo azaroso, no pude levantarme, ni tampoco al siguiente ni al siguiente. Las cortinas cerradas me servían a la vez de muro y frazada. Durante ocho días estuve así, sin bañarme y sin apenas comer, disfrutando de los olores que se iban superponiendo en aquel cuarto cerrado, como un ermitaño que expía una culpa atizando su propia degradación, hasta que me harté de silencio y de mugre y de oír el ronroneo incansable de mi cerebro, y salí a la luz. El mundo seguía idéntico. Entonces metí lo más necesario en un morral, fui a la terminal y, temiendo perder el impulso, compré un pasaje del bus que fuera a salir enseguida.

Elegí ventanilla y fue una equivocación atroz. A mi lado, en el puesto que da al pasillo, se acomodó una muchacha de pelo larguísimo, tinturado de rubio, con una cara de una belleza inane. Me recosté contra el cristal de la ventana y me dormí. Me despertó su vocecita melosa hablando por celular. Adivina, decía. Y soltaba una risita boba. Ay, adivina, repetía. Y luego, con una odiosa coquetería: No, eso a mí no me corresponde. Me acomodé los audífonos y me concentré en el paisaje. Pero la tranquilidad que necesitaba había desaparecido para siempre. No, yo esa plata no la tengo, la oí decir. Indudablemente había cambiado de interlocutor, porque ahora su tono era perentorio, seco. Empezó a dar instrucciones minuciosas. Escriba una carta así y asá, que diga que eso lo necesitamos para el martes porque…Traté de concentrarme en la canción de Lou Reed, de respirar profundo. Pero ya en mi cerebro su maldita voz había empezado a causar el mismo efecto que una gota rítmica en una sala de tortura. Media hora, cuarenta minutos, una eternidad. Miré a mi alrededor a ver si podía escapar a un sitio libre. Sin embargo, el bus iba repleto. Fue la voz de esa mujer, que a otro menos neurótico tal vez no lo hubiera afectado, la que hizo que cambiara mi destino, que en todo caso era ya azaroso, aleatorio. Me bajé en el siguiente pueblo. La plaza estaba casi desierta y olía a leña quemada, a hierba, a tierra húmeda. Pregunté por un hotel y me señalaron el único que había: un edificio chato, brusco, disonante. Las piezas eran contrahechas y oscuras, pero aparentemente limpias, y decidí que ahí iba a quedarme, al menos durante esa noche.

Dejé mi morral en el cuarto y salí a dar una vuelta por el pueblo. Caminé hasta donde las calles se convertían en potreros que daban a un cañón terroso y me detuve a contemplar la cadena de montañas, compacta y poderosa, que se fue desdibujando mientras la noche caía con rapidez y el cielo cambiaba a un azul acero. El mundo, como tantas otras veces, me pareció un lugar misterioso, abrumador, ajeno. Regresé y pasé un buen rato sentado en la iglesia, que milagrosamente estaba abierta, no porque quisiera rezar sino porque siempre me ha gustado la luz opaca y la temperatura que suele hacer adentro. Tres viejas rezaban en sus bancas, había una penumbra tranquilizadora y la llama de los velones alargaba las sombras en las paredes. Sentí una plenitud extraña, una emoción que no podía reconocer, un sobrecogimiento místico como el que debe experimentar el peregrino que llega al santuario después de días de camino. Regresé al marco de la plaza cuando ya había anochecido, comí pan con jamón en una tienda y luego entré a mi habitación, me tomé un Seconal, como venía haciendo en los últimos meses, y leí hasta la medianoche a la luz amarillenta de una lámpara con caperuza de tela. Desperté a media mañana, con una energía que había olvidado que podía tener. Como el hotel era barato, la cama pasable y el cuarto silencioso, pagué a la dueña, por adelantado, dos noches más.

En los días siguientes me dediqué a caminar por los caminos veredales, con agua y algo de comida en el morral, con mis lápices y mi cuaderno de hojas de papel Fabriano. Como había hecho tantas veces en la finca de mis abuelos, después de algunas pesquisas escogía un lugar propicio y me sentaba allí a dibujar lo que veía: una enredadera, un racimo de helechos, una hoja velluda de envés tornasolado, todo en su minuciosidad y detalle, abierto de pronto a un gran ojo que crecía en mi cerebro, un ojo que, como el ojo blanco de Byakugan, el doujutsu de mirada poderosa, ve a través de la materia. Buscaba un sistema, un orden, un sentido, un patrón que me hablara de una inteligencia divina superior a la mía, inalcanzable.

A los catorce o quince años, cuando Elena y yo nos abrimos como una fruta que alguien parte por la mitad, y ella salió al mundo y brilló en él mientras yo optaba por la grisura, descubrí que me encantaba dibujar la parte y no el todo: la cabeza de un gato, las patas de un perro, el caparazón de una tortuga. Y esa actividad, del todo inútil para la vida práctica, se me convirtió en una pequeña pasión que me servía para llenar los tiempos muertos. Tal vez esto tuviera que ver con algo que siempre me ha pasado: cuando hablo con alguien, mi pensamiento se adhiere a menudo a una pequeña parte suya, al lóbulo de la oreja o a la comisura de los labios, o al movimiento de un mechón de pelo sobre su frente, y ya mi vista no puede desprenderse de ahí. Todavía me pasa que me quedo mirando cómo un labio sube o baja o se estira, y eso me roba la atención, me distrae, me incomoda, sin poderlo vencer. A veces es una palabra o una expresión que salta del discurso, la palabra *sartén* o la palabra *estólido,* que me deja prendido de ella, como súbitamente encantado, y comienza a ser sólo letras, y su sentido se desvanece y me convierte —por segundos que trato de disimular con cara de seriedad o asintiendo— en un niño que con la mano hace volar un avión por las habitaciones de su casa hasta que tropieza con una cama o una mesa. En cierto momento fui a internet y busqué *síndromes* y encontré nombres extraños, pero ninguno que correspondiera exactamente con aquello que yo creía tener. Hipertimesia —no, mi memoria tiene huecos enormes—, síndrome de Savant —tal vez, podría ser—. Asperger. Apunté en una libreta todas las manifestaciones y empecé a observarme. Esto sí, esto no. Un día me decidí a confiarle mis dudas a Elena. Juntos examinamos la lista. Ella tenía una cara serísima mientras pasaba su dedo por la lista de síntomas. Cuando ya empezaba a temer por un diagnóstico atroz, mi hermana empezó a reírse a carcajadas. Al ver mi nariz arrugada, paró en seco, me dio un beso en el pelo, y dijo: *Mi hermanito loco. Así te quiero.*

Repaso mis apuntes y todo me parece un sueño. ¿Lo fue? ¿Inventé esa historia para encubrir un colapso mental, un instante de demencia? El caso es que han pasado más de quince años desde aquel día y que en mi mente estos hechos tienen la nitidez de los sueños que hemos contado muchas veces. En los tres días solitarios que pasé vagando por los alrededores de ese pueblo caminé como un maniático, respiré con toda conciencia los olores del campo: a bostas de vaca y a sudor de los caballos que pasaban a mi lado, seguidos de campesinos que saludaban parcamente mientras yo subía o bajaba por aquellas veredas, sintiéndome, después de muchos años de aburrición profunda, a la vez extraño y poderosamente vivo, ajeno a lo que dejaba atrás, y ajeno a mi cerebro, que misteriosamente salió de la oscuridad pantanosa en la que había estado sumergido en los últimos meses y se hizo liviano, como una nube más, un insecto sin conciencia de su yo.

La última tarde de aquel retiro espiritual voluntario en que prácticamente no había hablado con nadie, subí a lo alto de una loma desde donde se veía el pueblo como un pesebre pobre y melancólico. Estuve un buen rato tirado bocarriba sobre la hierba, disfrutando de la quietud con los ojos cerrados, despidiéndome internamente de aquel momentáneo paraíso, cuando de pronto me sentí distinto y abrí los ojos, asustado. Algo en el paisaje había cambiado repentinamente: todo —busco las palabras y no logro expresarlo— tenía ahora unas tonalidades más intensas, pero también más opresivas: en los árboles el verde se había hecho más brillante y también los marrones, los ocres, los negros, y el viento los retorcía con una furia insólita que los ponía a ulular como en los cuentos de fantasmas. Pero lo más impresionante fue que de la tierra empezaron a brotar olores dulces, ácidos, amargos, que entraron primero en mi cerebro y después en mi cuerpo, que perdió sus márgenes y se consustanció con el todo, como si fuera un líquido que se derrama y penetra en la tierra. Recuerdo que pensé que aquello se parecía a la felicidad mientras me pasaba la mano por la frente, como para comprobar que aquellas impresiones no eran producto de una alucinación repentina. Entonces, como si mi gesto fuera una señal, la luz fría del cielo se apagó de repente, atravesada por unas nubes espesas. Era más de media tarde. Oí truenos lejanos. Lo que era apenas una llovizna dio paso abruptamente a una lluvia furiosa y a una tormenta inesperada, así que empecé a correr camino abajo tratando de encontrar un cobertizo que había visto de subida. Eran sólo cuatro paredes de adobe con un boquete que hacía de puerta y una enramada rústica. Allá me refugié. Me quité los zapatos llenos de agua y también las medias, que escurrí con fuerza, mientras resoplaba por el esfuerzo. No era, ni mucho menos, una sensación desagradable, más bien una ocasión gozosa. En esas estaba cuando me enceguecdió un destello azuloso, seguido de un estruendo que se convirtió en mis oídos en un silencio espeso. Entonces vi un chisporroteo que subía por el tronco de un árbol como un enjambre de hormigas gigantes, unas piedras saltando y una pared negra que me sepultaba casi compasivamente. La oscuridad me llevó a la infancia y me vi agarrado de la mano de alguien que tiraba de mí con indiferencia. Cuando abrí los ojos era de noche y había escampado casi por completo. Un perro me estaba oliendo los pies. La cabeza me dolía, los oídos me zumbaban y mis zapatos no estaban por ninguna parte.

Cuando llegué al pueblo tenía los pies llenos de barro pero también de ampollas y lastimaduras.

Algunos me miraron de reojo, como a un ñero o a un drogadicto. Años más tarde iba a comprobar lo que pasa en los demás cuando ven que alguien no lleva zapatos: unos pies desnudos sobre el asfalto denotan indignidad o locura. O las dos cosas. Entré a la primera tienda que encontré, me compré el par de tenis más baratos y metí en ellos los pies después de limpiarlos hasta donde pude con el par de medias mojadas. Cuando iba saliendo vi unas botellas de trago en una de las estanterías. Calculé que con los billetes que me quedaban apenas iba a alcanzarme para comer algo y tomar el bus de regreso al día siguiente y, sin embargo, como obedeciendo a un impulso —¿pero qué había hecho en los últimos días sino seguir los más oscuros impulsos?— pedí una botella. Sí. Yo, que era abstemio por convicción, que odiaba las borracheras de mi papá y las de mi abuelo, me estaba gastando lo poco que me quedaba en un ron de la marca más ordinaria. En el hotel me di un baño y enseguida bajé hasta el pequeño patio con marquesina que hacía las veces de comedor. La cocinera me sirvió lo único que había, un caldo de costilla con papa. Hervía. A mi lado, dos hombres anchos de espaldas, camioneros tal vez, jugaban parqués. No hablaban: sólo gruñían o soltaban risitas. Cuando subí a la habitación no encendí la luz central, la del bombillo desnudo, sino la de la lamparita enclenque de la mesita de noche. Pensé que debía haber pedido un vaso a la cocinera, pero me dio pereza volver a buscarlo, así que abrí la botella y tomé de ella. El primer sorbo me hizo arder la garganta y el esternón. El segundo pasó más suave, con el tercero empecé a sentirme blando. Fue entonces que percibí por primera vez esa presencia que después iba a sentir tantas veces: cálida, sutil, inhumana. Estaba allí, a mi lado, tan cerca que, si hubiera estado hecha de verdadera materia habría podido tocarla con sólo extender mi brazo. En vez de sentirme acompañado me golpeó el peso abrupto de mi soledad. Metí entonces mi mano en la herida imaginaria que me hacía doler el pecho y lloré. Cuando me calmé, alargué la mano hasta la tabla que hacía las veces de mesita de noche, agarré las pastillas para el insomnio y las fui tragando una tras otra, ayudándome con tragos largos, recostado sobre el espaldar de la cama. Después me puse a mirar por la ventana enrejada la noche que, lavada por el aguacero, estaba ahora clarísima, mientras una boa se enroscaba dentro de mi cabeza lentamente, y yo por fin entendía el sentido de aquel viaje.

# 4

Echado en el sofá de la sala, un mueble decrépito forrado de paño color uva, y sintiendo en mis pies desnudos el calor de la chimenea que me he animado a encender, soy algo así como un conde de las Árdenas que ha cazado un jabalí y espera a que se lo sirvan sus criados. Abro los ojos, los cierro de nuevo, borracho de satisfacción. Veo a mi abuelo y a mi papá sentados a la mesa. Están borrachos. Mi abuelo tiene una camisa blanca y los anacrónicos tirantes que usa siempre, elásticos, de rayas de colores. Habla de política con vehemencia. Un hombre viejo, con barba de candado, un capitán de aviación que es su amigo, le lleva la contraria y él se ríe divertido, sin tomarse nada demasiado a pecho, con la cara colorada, tal vez por el vino o por el entusiasmo de la conversación. Es extraño: el capitán, en vez de llevar su uniforme, está vestido de civil y lleva una capita femenina, irrisoria, sobre los hombros. A mi lado, en cuclillas junto a la chimenea de la sala, Elena, con una falda de tela de la que asoman sus piernas color aguapanela, dora unos masmelos gigantes ensartados en palos de madera. Pero mi atención está puesta en la mujer que acompaña al capitán y a la que yo puedo ver cómodamente desde donde estoy. Lo que me atrae, lo que logra fascinarme de ella y hace que no pueda dejar de mirarla, es la manera en que se lleva el cigarrillo a la boca —tiene una leve sombra oscura encima del labio, un bigote como el de Frida Kahlo, unos ojos muy grandes—, su forma de aspirar el humo y luego soltarlo, con el cuello levantado, la cabeza un poco inclinada y la mirada puesta en el vacío. Ese sencillo gesto me produce una especie de enervamiento, de cosquilleo en la nuca. El parloteo de los dos amigos se prolonga, la mujer enciende un cigarrillo en otro mientras los hombres vuelven a llenar sus copas de vino y yo permanezco allí, al lado del fuego, sintiendo cómo el calor se me mete por las costillas, abandonado a mis sensaciones y repentinamente enamorado de esta mujer que apenas si me ha mirado y dirigido dos palabras. Sabía su nombre, pienso, pero lo he olvidado. El piloto amigo de mi abuelo ha comenzado a cantar y todos se ríen. Abruptamente, como cuando uno sumerge la cabeza en el agua, se hace un silencio irreal, y yo veo que la mujer se levanta, con los ojos muy abiertos, el cigarrillo todavía en la mano, y bordea la mesa detrás del capitán que parece no entender. Entonces miro lo que ella mira: a mi abuelo, que se ha doblado sobre sí mismo y que permanece con la boca entreabierta, como un bo-

70

rracho que se ha caído de sueño, antes de decir unas palabras simples. Lo demás es ruido, estupefacción, movimientos sin sentido.

Me incorporo, asustado. El silencio de la casa es total. Un gato de manchas marrones me está mirando desde la altura del espaldar. ¿De dónde ha salido ese gato? Alargo la mano para tocarlo, pero él abandona de un salto el sofá, dejándome la impresión de que esa mirada la he visto ya en alguna otra parte.


A veces siento un par de ojos que se posan primero en mi espalda y luego trepan como una araña por mi nuca, mi cabeza y se enredan en mi pelo. Siempre me sobresalto. Me repito, sin moverme ni un centímetro: es él, es solamente él. Y sí. Es la mirada de Jonathan, que me espía desde el vértice de la ventana con las pupilas levemente giradas hacia arriba, de modo que la esclerótica se le ve enorme y de un blanco inaudito. En sueños, o antes de dormirme, también siento a menudo el peso de otras miradas: la de Ola, aquella de la última vez, llena de ese brillo que todavía no es conciencia, no es receptividad ni rechazo sino suspensión pura anterior al pensamiento; la del Profeta, sus ojos eléctricos suplicantes, y la del verdugo que lo mira con sus ojos de mongol, dos ranuras brillantes como la brea, sonrientes y amenazantes. Como las del Oni no me. *No hay lágrimas en los ojos del diablo.*

Vivo de la renta. ¿Quién iba a creerlo? La plata que me llega me alcanza para comer, fumar, fumar y fumar. Eso es casi todo lo que necesito. Aurelio quiere que me conecte con el mundo. El otro día vino con dos técnicos que cargaban un televisor y estuvieron todo el día haciendo instalaciones. Finalmente el aparato funcionó. Aurelio piensa, como tanta gente sola, que la televisión acompaña. Puede ser. A veces la prendo, veo un documental o una película gringa de detectives, y ya. He descubierto, no sin sorpresa, que el fútbol no me interesa: he perdido, pienso, la capacidad de empatía. No me importa si gana este o aquel. Quiere decir que ya, finalmente, no pertenezco. Como alguna vez quise, me he vuelto prescindible para todos. Digo mal: no hay todos.

En la última visita Aurelio me preguntó, como de pasada, si iba a quedarme a vivir aquí. Le dije la verdad: que no sé, pero que no me preocupa. ¿Cómo voy a preocuparme? Lo único que hago, por ahora, es concentrarme en el minuto que vivo. Vivir el presente o anular el futuro es fácil. Pero lo que resulta imposible es anular el pasado. Aparece cuando me tiro bocarriba en mi cama y también cuando prendo la chimenea, cuando entro a la cocina y me paro justo donde se paraba mi abuela —yo era un niño que escuchaba sus historias chupándome el pulgar— y cuando me siento en mi mesa y extiendo mis cuadernos y recuerdo a Elena viniendo por detrás, estirando su cabeza para ver mis dibujos, de modo que su pelo me hacía cosquillas en la cara y en la nuca.

Elena amaba su cabellera, larga, ondulada, de color cobrizo, que le caía pesadamente sobre la espalda y que era la envidia de sus amigas y el objeto de deseo de muchos de los tipos que en el colegio la asediaban sin que ella les parara bolas. Por eso, cuando fui a verla al hospital, me horrorizó ver su cabeza enteramente rapada. La piel de su mano derecha y su pecho y su cuello se había vuelto gruesa, en partes de un violeta casi negro, en otras de un rosado encendido, repugnante, como el cuero de los bebés ratones. Aquí y allá tenía ampollas transparentes y cargadas de líquido. En cambio, su cara estaba intacta. Permanecía sedada y me dijeron que nada le dolía porque se le habían muerto las terminales nerviosas, pero después de verla así ya no sólo no pude quitarme de la cabeza esas imágenes, sino que tenía yo mismo la sensación de estar ardiendo debajo de la ropa.

Desde el comienzo supe que Elena iba a morir, por la dificultad con que respiraba, por la expresión ausente de sus ojos semicerrados. Sin embargo, cuando nos avisaron que ya nada podía hacerse, mi cerebro se volvió contra mí y me volqué contra el mundo para destruirlo. A mi alrededor todo se hizo astillas, reguero, polvo. Nadie habría esperado algo así de ese sujeto que hasta entonces había sido blando como un caracol protegido en su concha. Quizá lo que viniera después sería la locura, debió pensar mi padre, y hasta yo mismo. Después de aquel episodio violento me invadió algo semejante a la ataraxia: una desaparición del dolor, una mengua de los deseos y las pasiones, una especie de desasimiento del mundo que se parecía a la serenidad. Los epicúreos, los estoicos, los escépticos hablaron de la ataraxia como un camino a la felicidad. En mi caso ha sido mi eterno purgatorio.

Esta mañana Jonathan entró como Pedro por su casa y fue a sentarse en la cocina, donde yo estaba haciendo café. Era la primera vez que hacía eso y su desparpajo me sacó una sonrisa. Le hice preguntas que contestó con su voz nasal, insertando detalles muy precisos en sus respuestas, y se rio con algunas de mis bromas. Aquel descubrimiento me perturbó: comprendía mucho más de lo que yo me imaginaba. Vi que tenía un bozo incipiente, que me hizo dudar sobre su edad. Me recordó a Fran, uno de los vagabundos de San José, aunque él era alto y bien proporcionado, muy distinto a Jonathan, que es rechoncho y pesado. Sólo cuando uno hablaba con Fran podía darse cuenta de un desajuste que empezaba en un ojo medio apagado, opaco como una bola de cristal muy usada, y terminaba en sus pies descalzos. La vida que no tenía en ese ojo la tenía en el otro, que era el de un niño travieso. Cuando le pregunté con quién vivía me dijo que su papá era mayordomo, como si eso contestara la pregunta. Fran hacía mandados o deambulaba por San José y los tenderos le regalaban comida porque le tenían cariño, pero apenas empezaba a oscurecer, desaparecía por el camino. Era un preguntón de oficio y le gustaba que yo le explicara todo lo que se le pasaba por la cabeza, desde por qué no se caen los aviones hasta por qué llueve. Me gustaba hacerle bromas y a veces mis explicaciones eran disparatadas, deliberadamente absurdas, fantasías que yo usaba para probar qué tan listo era, y la verdad es que su tontería era sólo parcial porque después de oírme un rato con aire alelado, la cabeza ladeada y una concentración que lo hacía juntar las cejas, empezaba a esbozar una sonrisa, la del que comprende que está siendo engañado; una sonrisa que podía resolverse en una carcajada o en un sartal de maldiciones con escupitajo incluido. Lo último que vi de Fran, mientras me aguantaba el miedo y contenía la respiración en aquella cañada, fue su pie casi contra mis ojos, su pie desnudo, enorme y fuerte como una planta de desierto.

Aurelio me trae la plata de la renta de la casa de mi papá y también libros, revistas, periódicos viejos. En ocasiones se queda a dormir de un día para otro y yo agradezco internamente su compañía, aunque en algún momento empiece a sentir ganas de que se vaya. No hablamos mucho, pero nos entendemos con bromas. Comemos bien con la comida que él trae y jugamos ajedrez en un tablero que desentrañé en el sótano. Ahora bajo allí con cierta frecuencia y entre las cosas que he encontrado están las fotos: tres álbumes que son, sin duda, obra de mi mamá, y donde se puede ver secuencialmente una parte de nuestras vidas; y otras cuantas desordenadas, metidas en sobres de los sitios de revelado. No quise detenerme en ellas, no por ahora; en cambio he pasado un buen tiempo viendo papeles de mi infancia y de mi adolescencia, archivados cuidadosamente en una carpeta marrón. Creo que yo mismo debí guardarlos, porque durante mucho tiempo tuve una manía de orden enfermiza, un espíritu de coleccionista que me hacía guardar recortes de periódico y cajas de fósforos y lápices mordidos y carnets de todos mis cursos. Elena se burlaba de esa obsesión mía de guardarlo todo. Hay poemas, muchos poemas, de otros en su mayoría, pero también escritos por mí, con palabras grandilocuentes y muchos adjetivos. Y también los dibujos que alguna vez me salvaron del naufragio. En todos ellos había talento y desesperación. Y en todos ellos, en todo caso, una promesa.

# 5

La vida de un hombre puede narrarse de muchas maneras: a través de los amores que ha tenido, de los sitios en que ha vivido, de los libros que ha leído. En mi caso hay una más: la de los reclusorios en los que he estado. Uso esa palabra para eludir otras: *sanatorio*, a la vez romántica y anticuada; *clínica*, que remite a sitios caros y libres y asépticos; *hospital*, que en este país nos remite a pasillos atiborrados y a médicos negligentes; *cárcel*, que por una perversión del lenguaje suena a árbol cruzado con ángel; *cueva*, un sitio para los animales y los anacoretas. A uno de esos lugares fui a parar por primera vez después de haber ingerido con dificultad aquellas dos docenas de grajeas verdes, pequeñitas, en el hotel contrahecho de ese pueblo de montaña.

Primero sentí que unas manos invisibles golpeaban con fuerza mi cabeza. Luego oí que alguien gritaba, que hacía ruidos extraños muy cerca de mí. Abrí los ojos, pero la intensidad luminosa del bombillo me obligó a cerrarlos. Luego todo se hundió de nuevo en la oscuridad. Sentí que subía y bajaba, que flotaba sobre algo denso y viscoso, un mar de algas. Muchas horas después, cuando finalmente emergí a la superficie en el centro de salud miserable al que me condujeron, me topé con unos ojos acuosos. Mi papá ni siquiera intentó hacerme preguntas. ¿Qué preguntas iba a hacerme si ya sabía todas las respuestas? A su lado estaba Aurelio, con una sonrisa benévola en los labios. Ya habían pagado lo que le debía a la dueña de la pensión, ya habían recogido mis cosas, ya nos íbamos en una ambulancia para Bogotá.

También ese día me entregué, dócilmente, porque la sensación de vergüenza me traspasaba. Y la de desnudez: allí estaba, frente a aquellos viejos que fingían serenidad, un adolescente patético, que empezaba ya a ir de estropicio en estropicio, con las tripas del alma expuestas. Era torpe, me repetía con rabia, siempre lo había sido. Asquerosamente torpe. Es verdad que tomaban mi mano, que me daban palmaditas en la cabeza, que me recriminaban como en broma —*querer morir a los diecisiete años es una insensatez*—, que decían lugares comunes sin convicción ninguna —*la vida es dura y así hay que aceptarla*—, pero en el fondo de mí sólo veía una cosa: los ojos transparentes por donde habría podido llegar nadando hasta la misma eternidad.


Aquella fue mi primera vez. Era un sitio desangelado pero no siniestro, como uno puede imaginarse. Había de todo, eso sí. Adictos, deprimidos, viejos seniles, sobrevivientes. Una chica que se había hecho pequeños cortes simétricos en los brazos que me preguntaba incesantemente si le guardarían el cupo en la universidad y se arrancaba con disimulo las costras oscuras. También había un soldado que contaba los pasos. Soldados había muchos, aunque casi todos estaban aislados en otro pabellón. Conocí un tipo que creía que lo habían metido allá para salvarlo porque los extraterrestres lo perseguían; sí, extraterrestres: porque en esos lugares es verdad lo que parece caricatura; a la hora del almuerzo se sentaba, vigilante, de cara a la puerta del comedor. Los compañeros respetaban ese miedo y le guardaban sagradamente su puesto. Había tipos que llevaban cascos para que no se rompieran la crisma cuando convulsionaran. Hombres que se masturbaban contra la pared, y una vez vi a una muchacha —era hermosa— acuclillarse y mear en medio del parque.

Nos daban mantecada a media mañana, tostadas con chocolate a media tarde. Nadie sufría de hambre —y algunos teníamos nuestros *lockers* llenos de las tortas que nos llevaban los días de visita—. Engordábamos como chanchos de tanta comida y tantos medicamentos. Verdosos, sedados, deambulábamos por los corredores cuando no estábamos en las distintas terapias. El diazepam me hacía sentir como una ballena hibernando.

Comíamos con cuchara y nos ayudábamos con las manos.

Yo odiaba las terapias grupales, pero no podía eludirlas. Ellas incluían una cadena de acompañamiento: usted elige a alguien a quien contarle sus cosas, y otro lo elige a usted para contarle las suyas. Yo tenía muy poco que decir, pero sobre todo tuve buen cuidado de guardarme lo fundamental, así que mi *escuchador*, si así puede llamarse, se aburría enormemente. En cambio a mí me tocó un tipo unos diez años mayor que yo, que era un ludópata. Cada noche, me contó, cuando entraba a su apartamento después de haber perdido todo, lloraba y se daba contra las paredes. Sus padres, un par de viejos pobretones que dependían de su salario, fingían no escucharlo. Se acostaba a la madrugada, con la culpa mordiéndole la conciencia, pero se levantaba sin falta a la misma hora para ir a su trabajo de digitador, hacía su tarea lo mejor que podía y cuando salía se iba directo al casino, sin decirle nada a nadie. A veces lograba estar hasta una semana sin jugar. Pero luego se daba mañas para pasar delante del centro comercial, y entonces sentía ganas de pegarse una meada o entraba con la excusa de comprar cualquier cosa, y de un momento a otro se veía sentado frente a las máquinas.

En mi cabeza ese primer sanatorio es un enorme patio, un comedor en el que el olor a guiso había penetrado todo, las paredes, las bancas, las mesas, y la habitación minúscula en la que sólo me autorizaban a estar en la noche, y por la que mi papá pagaba más para que no tuviera que estar en el dormitorio colectivo. Tenía un televisor que, como ahora, no encendía casi nunca. Dormía. Fumaba. Rayaba mis cuadernos. Y en los ratos libres me aficioné a mirar las nubes, a tratar de entenderlas, a clasificarlas con nombres arbitrarios. Fueron tres semanas en las que me dediqué a fondo al arte de no hacer nada. Como quien dice, un preuniversitario para lo que vendría después.

Lo que siguió a aquel breve internamiento fue la universidad. Entré esperando no sé qué sorpresas y deslumbramientos, pero lo que predominó en aquellos años fue una normalidad abrumadora. Y sin embargo, una fuerza creció dentro de mí y me separó para siempre del mundo en el que había estado. Porque sería una hipérbole decir *al que había pertenecido*. En mi vocabulario entraron palabras que no conocía, a pesar de la convicción que hasta ese momento arrastraba de ser un gran lector. Eran palabras abstrusas, feas, a veces recién acuñadas por teóricos cuyos nombres pronunciábamos con reverencia, términos que nos hacían creer que pertenecíamos a una secta. Eso era lo visible, y la insufrible pedantería de unos pocos, el deseo irrefrenable de exhibir sus conocimientos, o la apatía y el estudiado aire de desdén de la mayoría. Es probable que yo me contara entre estos últimos, porque, como siempre, me acorazaba en el silencio y una vez terminadas las clases me escabullía sin mirar a nadie. Pero lo invisible era otra cosa: una llama ardiendo que se alimentaba de hojas y hojas de libros, de ideas que giraban ondulantes, como los anillos de Saturno, creando un chisporroteo feliz, de películas en la Cinemateca, de paseos por el centro en busca de un libro inconseguible, de almuerzos pobretones mientras leía a un novelista recién descubierto y de largos trayectos en mi bicicleta, que hacían entrar en ebullición mis endorfinas.

Tenía compañeras hermosas, de narices delicadas y extraños cortes de pelo, para las que yo era invisible. Y estaba Efrén, que iba dos semestres más adelante, estudiaba en la universidad gracias a una beca y pertenecía a un mundo distinto al de los demás. Vivía con un tío, apenas si le alcanzaba la plata para sobrevivir y no se quitó nunca, que yo recuerde, una chaqueta azul oscura con capucha y unos tenis de un color indefinible. Efrén era costeño, pero no se ajustaba en nada a los estereotipos que en el interior tenemos de la gente del Caribe. Hablaba en voz baja, era introvertido, tenía un humor extraño y el don de darle la vuelta a la realidad y hacerla ver desde ángulos inesperados. Me atrajo su originalidad excéntrica, del todo natural y ajena a aquella otra, repelente y mentirosa, buscada a todo trance por los estudiantes y alentada por los profesores. Nos hicimos amigos. Pasábamos tardes enteras en la Luis Ángel Arango. Leíamos los libros que no podíamos comprar y salíamos de allí ya cuando anochecía, con el alma efervescente y la cabeza echando humo. Esas jornadas terminaban en las cafeterías del centro o en bares de Chapinero donde me aficioné a la cerveza y al ron, y donde perdíamos el tiempo tejiendo teorías con minuciosidad obsesiva, para luego destejerlas vencidos por el escepticismo. Yo me acostaba más borracho de palabras, de ideas y de dudas que del trago barato que había bebido. Mi papá, recién jubilado de la universidad, borracho de whisky y de aburrimiento. Ya casi no hablábamos. Aquella casa, donde también Carmela envejecía, se parecía cada vez más a una tumba.

Hay borrachos de borrachos. Los que toman porque levantarse cada día les cuesta trabajo, pero que convierten su miedo o su melancolía, o lo que sea que se llame, en *algo*. Malcom Lowry, Jean Rhys, Dylan Thomas, Carver, Cheever. Todos terminaban asqueados de sí mismos, todos vomitaban y escribían, tropezaban, se levantaban, algunos querían morirse. Pero escribían. *Soy alcohólico, drogadicto, homosexual y genio*, escribió Capote.

Mi padre bebía para alivianarse, para flotar, para soportar un mundo que le parecía chirriante y pesado. Mi abuelo, en cambio, bebía para afirmar su parte más grosera. Era un hombre arrogante, que hablaba fuerte, que pisaba fuerte, que despreciaba a los débiles. Un ser humano que ocupaba mucho espacio, que siempre iba por el camino del medio tratando de llegar primero. Cuando caminábamos entre una multitud parecía invulnerable porque tenía el poder de adelantar a todo el mundo sin tocarlo, aunque atravesándose en su camino. Yo odiaba a mi abuelo, pero tampoco quería parecerme a mi padre, un alma melancólica. Cuando se emborrachaban, mi abuelo me producía rabia, mi padre impaciencia y un cierto dolor. Ahora, en esta casa devastada, yo, que alguna vez fui abstemio por rebeldía y después un adicto autodestructivo, cada tanto quisiera emborracharme y hundirme en un sueño blando como las manos de la mujer del cigarrillo. Pero me abstengo, a pesar de que en el sótano encontré cuatro botellas de whisky de las de mi abuelo, y de que las subí y las guardé en el baúl metálico que hay en mi habitación, donde descubrí que se guardan las lámparas Coleman de gasolina que nos servían para sortear los apagones. Desde su encierro las botellas me miran mientras yo duermo, mientras escribo, mientras vegeto mirando el techo de la habitación y oyendo mis voces más secretas. Las he puesto ahí para probarme, como un caballero medieval en medio de la batalla. Para creer, como cuando tenía trece años, que como Uatu o Sesshomaru, soy todopoderoso.

Para cuando Efrén se devolvió a Santa Marta, donde pensaba escribir su tesis, mi vida había comenzado a dar un giro: aunque aparecía inscrito en todas las materias obligatorias, iba poco a clase. Prefería las salas de lectura de la biblioteca, su silencio sólo interrumpido de vez en cuando por murmullos y, sobre todo, lo que allí pasaba en mi cabeza: sentía que mi cerebro era como una araña esponjosa que trepaba por la red que otros habían tejido y que se alimentaba de toda clase de seres vivos. Me dije que pagar por la universidad no tenía sentido, pero estaba más cerca del fin que del principio, así que me las arreglé para sobreaguar haciendo trabajos aceptables. Fue en esa época cuando me aficioné a escribir hasta la madrugada: no eran novelas, no eran cuentos, tampoco poesía. Me gustan los libros híbridos y, empujado por ese gusto, empecé a llenar cuadernos con mi letra filosa, a describir sueños, a desarrollar ideas, a escribir cartas sin destinatario, a consignar mis pequeñas investigaciones y a complementar todo esto con dibujos, a hacer *collages*, a remendar y a enmendar, en fin, a gastar mis insomnios en construir laberintos. Y a beber. Como mi abuelo, cuyo alcoholismo detestaba, como mi padre, cuya languidez me producía lástima. Y con el alcohol —sí, patético— todos mis pensamientos, hasta los más insulsos, me parecían trascendentales, complejos, incluso poéticos. A veces, la habitación se llenaba de sombras que se desplazaban en silencio. No estorbaban, no agredían. Era yo dividido en todos los que podía ser.

Un día vi a un hombre de mi edad en uno de los parques aledaños a la universidad. Estaba sentado en un banco como esperando a alguien. Parecía un estudiante más y si me fijé en él fue porque por un momento lo confundí con Marcos, un antiguo compañero del colegio. Pero algo hizo que me entraran dudas, y un segundo examen me confirmó que, en efecto, me equivocaba. Al día siguiente el hombre también estaba ahí. ¿También o *todavía*? Durante unos días lo olvidé. A la semana siguiente lo vi de nuevo pasar rumbo al parque, con una mochila en la espalda que no le había visto antes y un café que agarraba entre sus manos como quien se calienta. Comprendí qué era ese algo que me había hecho dudar: aquello que nos permite saber que un hombre está en proceso de disolución. Lo detallé: tenía en la mirada un brillo inquietante, la cabeza echada extrañamente hacia adelante, el pelo revuelto, la piel tirante de los drogos y unos zapatos muy gastados. Todo lo demás era absolutamente normal: una camisa a cuadros, un jean tan raído como el de cualquier estudiante y un aspecto relativamente limpio. Marcos, como lo había bautizado mentalmente, se convirtió en objeto de mi curiosidad. Y fue así como lo vi, día tras día durante el semestre, descender al abismo de la indigencia. De pronto la eterna camisa a cuadros fue reemplazada por una camiseta amarillenta y desaparecieron las medias. Y aun así Marcos tenía todavía cierto aire de dignidad. Merodeaba de un lado a otro, escarbaba en su mochila, pero no parecía vivir de la mendicidad. En cierto momento, sin embargo, decidió sentarse en la acera, sobre unos cartones, recostado en uno de los muros del edificio. Dudé si darle algo, porque no estaba mendigando. Así que sólo le dije *quiubo, amigo,* como de pasada. Sonrió, mirándome con esos ojos suyos extraños, tan brillantes. Entonces saqué un billete y le dije que se tomara un café. Los ojos se concentraron en el billete, que me arrebató mientras la sonrisa se le iba de los labios. Y así hice cada vez que pasé por ahí, hasta el día en que el único vestigio de Marcos fueron los cartones abandonados. Que lo habían montado al camión de la Policía, me dijo uno de los celadores. Y ya no supe más de él. Pero recuerdo que pensé: *así es. Así de fácil. O así de difícil.*

Fue una mujer la que me empujó fuera de la casa paterna. Ola. Sí, así, sin la ge, un capricho cuasi poético de los padres, un geólogo y una maestra de yoga. Ola era cuatro años mayor que yo, estaba estudiando Psicología después de haber abandonado Economía, trabajaba como dependienta de medio tiempo en una tienda de té y a veces nos cruzábamos en la sala de lectura de la biblioteca. El día que la vi por primera vez estaba leyendo un libro sobre inteligencia artificial y su cara de pómulos anchos y barbilla menuda, el flequillo tupido y la nariz terminada en un triangulito me remitieron a Audrey Tautou o a la protagonista de alguna serie animada japonesa. Cuando nuestras miradas hicieron contacto, los dos nos apresuramos a bajar los ojos. En aquel momento no sentí nada, pero esa noche, mientras comía en la cocina la comida amorosa de Carmela, volvió a mi memoria aquel intercambio de miradas y me sentí triste de repente.

Hasta entonces mi vida afectiva y sexual había sido un desierto, y yo sentía que era el único culpable. En mi adolescencia me volví un experto en arruinar cualquier relación que empezara a repuntar. Aprendí, es verdad, a acercarme a las mujeres que me atraían, y algo de mí debía gustarles, tal vez ese silencio que me servía de coraza y me hacía a sus ojos un tipo misterioso, que las retaba a profundizar en un supuesto pozo de enigmas excitantes. Pero no sólo nunca lograban pescar ningún tesoro, sino que yo me las ingeniaba para soltar una palabra brusca, para no llegar a tiempo, para crear tensiones innecesarias.

También hay que decir que algunas se adelantaron a hacerme daño y lograron dejarme cicatrices. Isabel se llamaba la única memorable: estaba en mi mismo curso, era casi tan alta como yo, y sus muslos eran tan largos y lisos y dorados, que hacían que la atención de todos se quedara detenida allí, entre las rodillas perfectas y el borde de su falda de cuadros, antes de que nos decidiéramos a examinar qué había más arriba. Lo que encontrábamos era una carita infantil, rodeada de rizos color caoba, y una risa fácil. Con el pretexto de ayudarle a hacer una tarea terminé en su casa, que era infinitamente más grande y moderna que la mía. En medio de la sala, como algo totalmente insólito, había un montón de plantas que crecían entre piedras, atravesadas por un riachuelo que sonaba como yo me imaginaba que debía sonar el agua en los jardines de la Alhambra. Y ese era apenas el principio de un recorrido asombroso para alguien como yo, que había crecido en una casa estancada, donde la madera del piso crujía y los adornos eran chorotes de barro, esteras mexicanas y portarretratos por todas partes. Aquella casa, con sus ventanales enormes y sus paredes vacías, me abrumaba, me incomodaba, me hacía sentir un habitante de otro planeta. Los dos teníamos catorce años, pero ella me llevaba casi siete meses. Su cuarto era un escenario bizarro donde se mezclaban afiches de *Star Wars* y de The Doors con peluches de su infancia, una colección de máscaras que había empezado hacía poco, libros, esmaltes de todos los colores, cientos de cedés, y fotos de escritores pegados con chinches en las puertas de su clóset. Allí encerrados pasamos tardes enteras, sin la menor aprehensión porque, según se apresuró a aclararme, sus padres eran *personas muy avanzadas*. Fumamos por primera vez marihuana, discutimos unas veces sobre la eutanasia y el suicidio y otras sobre el matrimonio, la libertad y la alienación —una palabra que recientemente habíamos descubierto—; nos besamos, y en algún momento de esas semanas delirantes, Isabel se abrió la camisa y me mostró sus pechos de mujer-niña, tan blancos que nada tenían que ver con el color de sus muslos, que parecían haberse dorado lentamente en una parrilla. Cuando quise tocarlos, sintiendo ya en las yemas de los dedos la tersura que me esperaba, me advirtió, con un tonito dulce pero firme, repentinamente seria, que era mejor que no, que esperáramos un tiempo. Se abotonó la camisa, se enderezó, se pasó los dedos por entre los rizos de la frente y abrió la puerta.

Durante semanas fui un hombre alucinado, con la cabeza encendida y el cuerpo hecho ceniza. El deseo me estaba matando. Mientras besaba a Isabel ponía una mano en su entrepierna a la vez que reprimía mi respiración acezante y terminábamos uno sobre el otro, desesperadamente vestidos, con las caras pegadas y mirándonos a los ojos como dos monstruos consubstanciados. La puerta al paraíso estaba cerrada y no pensaba abrirse. La frustración me llenó de una pulsión violenta. A eso se unió que Isabel me pidió una tregua: necesitaba, me dijo, serenarse. Usó esa maldita palabra, como si estuviera hablando con un maestro zen, y lo peor fue que yo obré como tal: como un hombre educado para la contención y la sabiduría. En el salón de clase Isabel se negaba a mirarme y en el recreo me evadía, pero yo oía su risa en todos los lugares y la padecía como una afrenta. Dos veces intenté llamarla por teléfono, y dos veces me sermoneó sobre mi incapacidad de pasar una prueba que reforzaría *nuestra relación*, y que nos haría más fuertes. Le dije, abrumado por el resentimiento y la impaciencia, que era, no la liberada que decía ser, sino una cristiana que le temía a la culpa. Una pobre puritana calentahuevos. Y otros insultos. Me dejó de hablar, pero yo seguí albergando esperanzas, enconchado, furioso y sobre todo enfermo de amor y desesperación. La soledad había vuelto, aunque no de esa manera atristada, casi amigable, que siempre tuvo, sino como una sombra aniquiladora que me hacía perder peso. Y con ella vino la humillación: esperábamos, sentados sobre la grama a que llegara el profesor de gimnasia, cuando oí al palurdo de Caicedo, un tipo de espalda ancha y bíceps de boxeador que iba dos cursos adelante, jactarse de haberse acostado con Isabel. ¿Acostado? Esa era la mentira más asquerosa que había oído jamás. Un remolino de calor me puso a sudar como un caballo. Dos días después me acerqué a ella, aprovechando que estaba sola y le pregunté, como un imbécil, encendido hasta la raíz del pelo, si era verdad que estaba *saliendo* con alguien. Me miró con una mezcla de ternura y desprecio. Ay, Gabriel, qué sacas con saber eso, dijo. Tú sabes que tarde o temprano voy a volver contigo. Luego sonrió, tomó mi mano y la besó.

Nunca he sido bueno para ese tipo de sufrimiento. Me bañé todas las mañanas en un orgullo protector y simulé durante semanas la más rotunda indiferencia. Cuando Isabel se me acercó un día y me entregó un sobrecito violeta, le sonreí. Antes de saber qué decía, rompí la carta y la eché por el inodoro, no fuera a ser que después tuviera la intención de reconstruirla. Y no sólo sentí alivio sino placer. Tal y como quería Isabel, yo había pasado la prueba.

Durante más o menos un mes Ola y yo nos seguimos cruzando en la sala de la biblioteca. Si yo llegaba primero, ella se dirigía, como quien no quiere, a la mesa donde yo leía y se sentaba al frente de manera sigilosa. Pero si ella estaba ya en la sala, yo era incapaz de hacer lo mismo: me iba a un rincón y hasta le daba la espalda, como castigándome por mi cobardía.

Aun cuando coincidiéramos, mis inhibiciones de solitario crónico me impidieron cualquier acercamiento. Pero unas semanas después fue ella la que me habló mientras esperábamos pacientemente nuestros libros. Y yo pude presentir ya, al oír esa voz suya que no puedo describir de ningún modo pero que sigo oyendo todavía hoy sin ningún esfuerzo, que me estaba subiendo a un tren vertiginoso que no sabía a dónde iba a parar. Ese día terminamos en uno de los bares del centro que hacía ya meses no frecuentaba, dándole ánimo a nuestra timidez a punta de ron. Allí me enteré de que Ola había terminado hacía meses una relación tormentosa, y tuve miedo porque en las pocas frases que usó para describirla había un temblor que no pude saber si era rabia o nostalgia. Mientras me contaba parcamente su historia, yo miraba: una venita azul en su sien, las uñas cortas hasta la carne, sus lúnulas perfectas, sus clavículas perfectas. De repente se calló y por su gesto pensé que se iba a echar a llorar. Pero no; fue el preámbulo de un suspiro y una sonrisa amplísima que produjeron un milagro: sin apenas conciencia alargué mi mano y agarré la suya, y así estuvimos unos minutos, abochornados y nerviosos y en el fondo, al menos yo, perturbado porque mi vida acababa de dar una vuelta de tuerca. Luego la acompañé a su casa, a donde se podía ir caminando. Las calles estaban casi desiertas y me pareció que aquel barrio antiguo y algo maltrecho que tantas veces había recorrido sin mayor interés tenía ahora un aire mágico, hechizado. Hacía frío, pero no me importó. Al despedirnos nos dimos un beso efímero y equivocado. Me devolví andando a mi casa, sin miedo alguno de los malandros que pudieran estarme esperando a la madrugada, disfrutando de la noche, de la luna pálida como los labios de Ola, y de mi nueva adolescencia. A los tres meses ya me había mudado a su apartamento. Consagré mis mañanas a escribir mi tesis sobre Gadamer y las tardes a trabajar en la biblioteca, donde había conseguido una plaza transitoria.

*…Un un amor breve /…como la belleza, / la belleza absoluta, / la que contiene toda la grandeza y la miseria del mundo / y que sólo es visible para quienes aman.* No creo que sean buenos estos versos ajenos que traigo a colación, pero me sirven para sintetizar —ahora que lo sucedido en aquellos meses es apenas un amasijo de recuerdos donde ya no sé qué fue primero y qué fue después— mi enamoramiento por Ola.

Vivía en un apartamento de una sola alcoba en un primer piso de un edificio sin portería, un lugar amable donde el sol calentaba en las mañanas, con ventanas que daban a un patio en el que unos gatos brincaban entre canecas de basura. Allá llevé una parte de mis libros, los que cupieron en la única repisa vacía. No sabíamos mucho el uno del otro, pero hablábamos lo suficiente como para saber que teníamos algunas cosas en común, íbamos a cine los fines de semana y teníamos sexo casi a diario, con un ímpetu que sólo puede nacer de ese desconocimiento mutuo que el amor interpreta como misterio. Ola, que había sido iniciada por su mamá en los buenos hábitos alimenticios, cocinaba aburridoramente sano y me enseñó la diferencia entre un Darjeeling, un olong y un pu-erh, algo que había aprendido en la tienda donde trabajaba. Me gustaba su piel lisa que parecía haberse bañado en aquellos tés, su cuerpo de adolescente y su manera de fumar, de mirar de soslayo a ninguna parte mientras soltaba el humo.

Ahora, vista a la distancia, me represento esa época de mi vida como un río apacible en la superficie, pero cargado en su fondo de palos y piedras con los que había que luchar a diario, desencuentros que, paradójicamente, parecían ser los que avivaban aquel amor. Con el tiempo nuestras conversaciones se ampliaron, y también afloraron, como plantas acuíferas, algunas confidencias, pero en cada uno de nosotros permanecía intacto un agujero negro constituido por cosas no dichas, por silencios esenciales que resistían a los más íntimos acercamientos. Éramos, para seguir con esta metáfora acuática que he elegido de forma pretenciosa y un poco cursi, como barcos que guardan una provisión secreta para tiempos difíciles, como un par de cómplices inmersos en una aventura, aparentemente hermanados en todo, pero poseedores, cada uno, de una llave oculta que no estábamos dispuestos a entregar. Los ojos de Ola tenían siempre un fondo de tristeza, o al menos así me lo parecía. Las veces que se lo comenté se limitó a sonreír, negando sin mucha convicción. Por mi parte, nada le dije nunca de mis caídas, de las fragilidades que me habían llevado a mis socavones enfermizos, pero seguí bebiendo con regularidad, aunque ella no me acompañaba. Le hablé de Elena, sí, y mientras lo hacía sentí que estaba depositando en sus manos un fuego sagrado, que exigía silencio y respeto, pero no le conté ningún detalle de su muerte por la sencilla razón de que mi voz no habría podido sostener ese relato.

Pasaron las semanas y luego los meses, y cuando ya pensaba que la felicidad sí era posible, empecé a sentir que algo se enrarecía en aquellos cuarenta metros; que Ola se alejaba de mí; que fumaba más que yo, como tratando de controlar sus desasosiegos y que a veces me dirigía miradas de lástima. Por primera vez traté de ir hasta su fondo a través de las palabras, pero me estrellé con su asombro y su renuencia a darme explicaciones. Y también con mi paranoia. Perdí piso. En las mañanas escribía que Gadamer cree que en las cosas no hay que buscar verdades objetivas, que es a través del lenguaje como el hombre llega a la comprensión del mundo, que este vive en el diálogo y que la realidad es creada por sus intérpretes, y por la noche me pillaba a mí mismo buscando la pieza que le faltaba a *la verdad*, descreyendo de las palabras de Ola, buscando inútilmente el doblez y el dato falso.

Mientras más indagaba yo, más hermética se tornaba Ola, que se defendía hablando de *sus espacios, sus libertades,* tonterías de manual que me irritaban y me deprimían. ¿Tal vez ella era sólo un ser insulso, plano, una tontica más que no tenía nada que decir? En mi delirio amoroso la veía a ratos como un ser aplomado y sabio, a veces como una frívola caprichosa que había tratado de sanar conmigo una herida amorosa. El monstruo obsesivo que hay en mí creció como una sombra siniestra: me sorprendí esculcando en su bolso, oliendo secretamente su cuerpo tratando de encontrar el olor de otro cuerpo, acechándola a la salida de la tienda donde trabajaba. Ola, que se daba cuenta de mis patéticas pesquisas, se burlaba de mí y me sacudía el pelo como una hermana o se enfurecía y se iba a dar una vuelta para calmarse. Primero me acusó de beber en exceso, después de estar loco. Algo de razón tenía: su risa frente a mis reclamos me enloquecía, primero de amor y luego de rabia. Cuando comprendí que me había convertido en un ser abominable, tuve un último destello de lucidez y me mudé al primer cuartucho que encontré, repitiéndome, una y otra vez, que yo no estaba hecho para el amor, la generosidad, la vida serena; concluí que Ola me había penetrado el corazón con sus ojos de vidente y había encontrado en él lo que yo mismo me había resistido a ver: los restos descompuestos de mis penas y mis culpas no enfrentadas; y me resigné a ser un hombre que sólo se sentía cómodo en un mundo de abstracciones y de palabras. Entonces me concentré en terminar la tesis, tal vez para sentir que todavía existía. Pero mientras escribía, los ojos de Ola juzgaban cada frase, y mientras caminaba, sentía su olor en todas partes, y a medianoche me despertaba empapado, soñando con sus ojos acuosos, furioso conmigo y con ella.

Un día la llamé y accedió a verme. Por la ventana de la cafetería donde me esperaba alcancé a ver su pequeño pie, calzado con una zapatilla gris de gamuza que se mecía con impaciencia. Cuando entré sentía las axilas empapadas y la mirada afiebrada. Su rechazo fue suave pero tajante. Ola no quería vivir con alguien que se desintegraba. Tenía razón, yo era el único que podía reconstituirse.

Contra todo pronóstico, después de año y medio de escritura obsesiva pero desordenada, mi tesis fue bien evaluada. No llevé a nadie a la defensa, aunque viéndolo bien sólo habría podido invitar a mi padre, porque sin darme cuenta me había alejado de todo el mundo. Fue un examen breve, hecho por tres profesores de la Facultad, en presencia del jefe del Departamento y de Morelli, mi director. Uno de los profesores —de cuya clase me había retirado a las pocas semanas— apenas me llevaba unos años, y era popular entre un grupo de alumnos por su lenguaje abstruso, sus desplantes provocadores y un mal disimulado desprecio por sus colegas y hasta por la universidad misma. Nunca supe si ese personaje se había leído bien a Gadamer y ni siquiera si había echado un vistazo a mi trabajo, porque nunca habló de él sino que disertó sobre cosas que no venían a cuento, pero desde que entré y lo vi, con su sempiterna sonrisa irónica y su cabeza ladeada, mordiendo de vez en cuando el lápiz que sostenía, supe que no iba a desperdiciar aquella oportunidad para hacerme pedazos. Yo había dejado su clase después de haber presenciado cómo humillaba a una chica rubia, con la cara abotagada llena de acné, que se había vuelto objeto frecuente de sus bromas. Mientras la estudiante se tragaba las lágrimas, colorada hasta la raíz del pelo, y algunos de los obsecuentes seguidores del profesor reprimían sus bufidos de júbilo, yo me levanté y salí dando un portazo. Como siempre, me quedé a medio camino y mi rabia no llegó hasta la denuncia formal en el Departamento y lo que hice fue retirarme de la materia. Pero al hombre le quedó clara mi disidencia, que quise hacer más evidente ignorándolo cada vez que me lo cruzaba.

Los otros jurados eran un par de tipos que habían hecho seriamente su tarea, pero que, de un momento a otro, se enzarzaron en una discusión entre ellos, haciendo caso omiso de mi presencia y de la del mismo Morelli, que los miraba frunciendo el ceño, pero prudentemente silencioso. Se trataba, de eso me di cuenta al momento, de una competencia a ver cuál de los dos era más sabihondo. En las voces no había exaltación ninguna, ningún apasionamiento aparente; sólo una ligera ironía en el tono, una cierta condescendencia que no era sino desdén por el otro, y por supuesto vanidad y exhibicionismo. Finalmente, Morelli, con una broma, puso fin a ese intercambio extemporáneo y los instó a hacer sus preguntas. Esa mañana yo había tratado de estar presentable y hasta me había afeitado para dar una buena impresión, pero estoy seguro de que en mis ojos, en esos días perpetuamente enrojecidos, se podía observar un trasfondo de la oscuridad en la que estaba sumergido. Me concentré en mis respuestas, como un boxeador en los movimientos amenazantes del contendor, y asimilé, con una serenidad que a mí mismo me desconcertó, los golpes de mi verdugo, que soltaba ponzoña cada vez que abría la boca. Una soberbia sin resquicios, la misma de mis años adolescentes, se alzó de mi pecho para salvarme. Yo, que había pasado los últimos años sorbiéndole el seso a los libros, no me iba a dejar derrotar por un hombrecillo infatuado que seducía a sus alumnas con frases que robaba de otros. Cerré los ojos, aunque parecían abiertos. Entonces las palabras vinieron a mi boca con el brillo punzante del delirio, porque yo ya no estaba en ese salón despojado y sin gracia de mis examinadores sino en los laberintos de mis noches alucinadas. El sudor me chorreaba delante de las orejas, la cabeza se me estallaba. El cuerpo se vengaba del alma.

Me hicieron salir al pasillo, como era costumbre, y desde allá pude oír los ecos de una discusión que se prolongó por unos veinte minutos interminables. Mientras tanto, el personaje inseguro que siempre me ha habitado se fue apoderando de mí, desplazando al investigador que acababa de disertar en forma vehemente sobre la influencia de Heidegger en las teorías hermenéuticas de Gadamer, de modo que cuando entré otra vez al salón tuve que disimular mi azoro y adoptar un aire neutro y sereno, antes de oír, con alivio, la nota que había alcanzado, que demostraba que los dos profesores habían triunfado con sus argumentos sobre mi enemigo.

Dos semanas después me hicieron una llamada a la biblioteca. Era Morelli, que quería verme. Imaginé que era para descalificarme, para probarme un plagio, para decirme que todo había sido una equivocación y que la universidad se arrepentía de haberme graduado. Incluso pensé en no ir, en mandar de una vez todo para el carajo y resignarme a que mi destino estaba para siempre allí, en aquella inmensa biblioteca tan bien iluminada, donde con un poco de suerte terminaría, incluso, durmiendo y contestando a todo: *Preferiría no hacerlo*, como Bartleby el escribiente. Pero fui. Morelli, mi maestro, un hombre seco por dentro y por fuera, me propuso ser su asistente en reemplazo de una persona que acababa de marcharse a Alemania, y dar a los primíparos una clase de Introducción a la Filosofía. Me pagaban una suma decente, así que sin pensarlo mucho acepté todas las propuestas. Le informé a mi padre que yo era un hombre graduado y con trabajo. Ya no recuerdo qué me dijo.

De pronto, fui uno más de los docentes del sitio que me había aguantado de mala gana en aquellos años. Uno sin mucho estatus, por supuesto, y también, por fortuna, sin muchas obligaciones académicas, salvo una que otra reunión. Dictaba clase a mediodía, antes de almuerzo, tres veces a la semana. Tenía más de veinte alumnos, de los cuales sólo siete u ocho estaban interesados en la Filosofía. Cada tanto alguno abría su bocaza y yo podía ver flotando delante de sus ojos la hamburguesa con la que ya estaba soñando. No me ilusionaba demasiado, porque siempre he sabido que a la humanidad en general le importan un pepino las diferencias entre el *nous* de los griegos y el *geist* de los románticos alemanes. La mayoría de aquellos alumnos parecía, en efecto, carecer de alma y espíritu, ser apenas criaturas en desarrollo con poca conciencia de sí mismos. A los otros, a los indagadores, a los curiosos, el destino les depararía futuros predecibles: a la mayoría muy probablemente la universidad les bebería la sangre que hoy les permitía amar y pensar con la misma intensidad, y los arrojaría al mundo convertidos en especialistas, en prisioneros de las jergas de moda, en meros supervivientes. Algunos de ellos hibernarían en países lejanos adelantando sesudos posgrados a los que entregarían lo mejor de su juventud, y luego regresarían a luchar, primero por una cátedra y después contra las zancadillas de sus colegas. Algunos derivarían en publicistas, o heredarían el negocio de su padre, o quizá sucumbirían a la frustración y tomarían opciones más drásticas. Quizás, el ensimismado del último puesto o el apasionado que luego se iba a la biblioteca estuviera destinado a llevar una vida de rigor y conocimiento. Yo todavía pensaba para mis adentros que era uno de los que se habían salvado, pero los inquietos animales que rumiaban mi desasosiego a veces llenaban de ruido mis amaneceres.

Durante dos años Morelli me vio luchar, languidecer, palidecer, enloquecer. Yo era un hombre escindido que en el día trabajaba juiciosamente en mi cubículo, lejos del sol, y en la noche me sumergía sin oxígeno dentro de mí mismo, buscando otras galaxias. Empecé a tomar anfetaminas para combatir el sueño: quería estar alerta muchas horas, leer, ahora sí, todos los libros, tocar el carnoso corazón del mundo a través de mis garabatos. Como ahora tenía con qué, bebía whisky en vez de ron. En la madrugada dormía cuatro horas. Yo era, qué iluso, un predestinado, un dios pequeño y autosuficiente. Una noche de septiembre me dejé ir, como tantas veces, llevado por la música de David Bowie, a unos lugares mentales llenos de feliz excitación imaginativa. Dibujé durante horas un insecto imaginario, sus entrañas llenas de pequeñas vejigas transparentes, de vasos sanguíneos a punto de estallar, de promontorios felpudos en los costados, de enormes alas membranosas. En un costado del papel escribí un brevísimo poema sobre el horror de la infinita perfección. Estaba, en razón del cansancio, en ese estado poroso anterior al sueño, donde hay, por así decirlo, una lucidez incoherente, capaz de pequeñas revelaciones sonámbulas. Fue al terminar la última palabra y levantar la cabeza que vi a Heidegger sentado sobre mi cama. Tenía esa mirada oblicua que tiene en todas las fotografías, esos mofletes de carnicero, esa boca fruncida casi oculta por el bigote hitleriano. Él, que en las fotografías nunca sonríe, nunca, tampoco sonreía ahí, sentado en mi cama, donde, como una abuela bondadosa, tejía una media de lana con dos agujas. Yo estaba sentado en mi minúsculo escritorio, lleno hasta el tope de papeles y libros y cucuruchos vacíos llenos de grasa y, lo juro, sólo me había tomado un par de tragos. Intuí que me traía un mensaje desde su paraíso metafísico, pero cuando quise preguntarle algo se convirtió en una mancha de café sobre la sábana.

Me metí a la cama temblando, consciente de que había llegado demasiado lejos: estaba al borde de la locura, esa tentación de desprendimiento del mundo. Repentinamente despierto, se me reveló que sólo tenía dos alternativas: dejar de dar clase y concentrarme en mi obra o abandonarlo todo. ¡Qué melodramática y simple parece esta idea cuando la escribo! Por una parte, eso de *mi obra* parece pueril, ingenuo, soberbio. ¿En qué obra pensaba? ¿En la novela que todo el mundo quiere escribir y que casi todo el mundo posterga, la que se aposenta en la conciencia como una horrible verruga que de tanto en tanto sangra? ¿En la lucubración sobre la libertad que me obsesionaba escribir —el significado de la expresión *Puedo*— pero de la que ni siquiera encontraba punto de partida? ¿En mis dibujos, a los que había entregado noche tras noche una dosis de energía que se transformaba en enormes marañas de líneas y volúmenes que querían demostrar la existencia de una inteligencia cósmica ciega, delirante y genial? Creí comprender por qué Heidegger tejía.

Al día siguiente me senté debajo de un árbol del campus, como Newton esperando a que le caiga la manzana, y me di tiempo para pensar en un futuro como profesor de Filosofía. La universidad, me dije, es un espacio seguro donde se puede tener un salario digno por hacer lo que a uno le gusta, un refugio de soñadores y curiosos donde incluso se pueden decir insensateces siempre que vayan vestidas de un lenguaje convincente, o sobrellevar la mediocridad o el fracaso con cierta dignidad. Quizá, por qué no, algún día superaría mi escepticismo y daría clase con entusiasmo, o me haría una de esas autoridades de cara adusta que llaman con respeto de todas partes, o en el peor de los casos, un miembro del porcentaje de semivagos que permanecen allí hasta la jubilación. Mi relación con la universidad sería entonces la de un viejo matrimonio, apacible y ligeramente aburrida, con una bronca de vez en cuando y reconciliaciones periódicas instadas por el cansancio. Sí, mi vida sería predecible, monótona, repetitiva, ¿pero no son así todas las vidas? Me levanté convencido de que allí me quedaría mientras me dejaran estar, pero esa noche, entre pesadillas, me vi como un árbol que alguien talaba y que intentaba gritar sin hacerse oír. Desperté empapado en sudor y ya no pude volver a pegar el ojo. Dos semanas después me senté frente al escritorio de Morelli y le anuncié que al semestre siguiente no volvería a la universidad. Me auscultó con sus ojos hundidos, rodeados de ojeras perennes, y me preguntó por qué. Yo me quedé mirándome las manos, sin saber qué decir. Cualquiera que me hubiera visto desde fuera habría pensado que estaba soportando un regaño y me encontraba profundamente avergonzado. Luego mi boca se abrió, y lo que dije fue una solemne perogrullada, una frase de adolescente borracho de filosofía: *Quiero ser libre.*

Apenas dije esa majadería, me avergoncé. Por un momento pensé que Morelli iba a soltar una carcajada, pero su boca sólo hizo un gesto extraño, entre la sonrisa y el desdén. Luego pronunció unas palabras que entraron en mi cabeza como balas de goma, dejándome aturdido: *Usted es bueno. No veo por qué tendría que irse.*

Y eso fue todo. Ningún discurso de disuasión, ningún consejo. Atiné a balbucir cualquier cosa y salí con más peso del que entré, pero intentando reponerme. Morelli no volvió a decir nada, yo perseveré en mi decisión y al semestre siguiente no volví a la universidad. Por supuesto que no se lo comuniqué a mi papá, a quien por otra parte ya poco veía. No era un abandono, me dije para tranquilizarme, sino una tregua, una oportunidad que me daba para llenar de ideas nuevas los intersticios de mi cerebro. En unos meses volvería a conseguir un trabajo decente, a ser *normal*, a restituirme al orden del que me había apartado con asco, a ser el buen pequeño burgués que se esperaba que fuera.

No hace falta que me extienda en lo que pasó después. Las noches siguieron siendo mi reino, el lugar de mis delirios. Me llevaba libros de la biblioteca y los leía a pedazos, simultáneamente, con una sed afiebrada, como si fuera a morirme al día siguiente. Me alimentaba de latas, de embutidos, de licores cada vez más ordinarios, como queriendo vengarme de la dieta hidropónica de Ola. Como me acostaba después de medianoche y ya no tenía obligaciones matutinas, dormía hasta mediodía. En la tarde, hacía mi trabajo en la biblioteca, pero cada día con más desgano. Había descubierto, no sin horror, que toda actividad práctica —ir al banco, pagar una cuenta, llamar al plomero— me significaba un esfuerzo desmesurado, que me irritaba y terminaba postergando, diciéndome a mí mismo que esas tareas eran una pérdida de tiempo. Así que me fui colgando en todos mis compromisos, que mi biblioteca se volvió un caos, que la alfombra se fue llenando de manchas. El sueldo ya no me bastaba para vivir, y tuve que echar mano de mis ahorros, pero con tal miedo a la ruina que empecé a privarme de todo. Ahorraba hasta el agua, así que a veces sólo me lavaba la cara y los sobacos, y empecé a ponerme la misma camisa dos y tres días seguidos: la soledad, la pobreza y la ansiedad juntas producen suciedad, desidia. Por momentos se me venía a la cabeza la posibilidad de volver a vivir en la casa paterna, pero después de unos segundos la descartaba con rabia. Aquello, me decía a veces, cuando veía que en todos los objetos de aquel cuarto sin ventilación crecía la capa de polvo, tenía que parar. Pero era evidente que lo que se venía era el derrumbe y un debilitamiento atroz impedía que diera la orden a los músculos de mi voluntad.

El sueño me abandonó para siempre. El tiempo se convirtió entonces en una espiral por la que yo subía y bajaba como uno de esos hombrecitos de Escher, mecánicos, insignificantes, y ya no tuve claros los límites entre el día y la noche o entre las voces de mi cerebro y las que retumbaban afuera. Intuí que me estaba volviendo loco. Cuánto tiempo fue, no puedo saberlo. Si días o semanas, no sé. No volví a la biblioteca, que era ya mi única ancla al mundo, pero una noche salí de mi casa, entré en sus sótanos y empecé a deambular por sus galerías buscando un libro que tenía en mente, el que me revelaría quién era yo, a qué había venido al mundo, dónde flotaba mi hermana convertida en anémona o en nube, qué era lo que me hacía un dios insaciable y obsesivo que me creía indestructible. Aquel laberinto de la biblioteca empezó a girar de repente y se convirtió en un mar de colores, los de los lomos de los libros que se acercaban como olas amenazantes, hermosas, plenas, y huían de mis manos cuando yo intentaba tomar alguno, como burlándose de mí, de mi soberbia y mi insania. Sentí que se me reventaba la cabeza, que las náuseas me desencajaban el estómago, que el aire desaparecía de mis pulmones convirtiéndolos en un par de vejigas petrificadas, y un agujero oscuro me sorbió como a una cucaracha, que era en lo que me había convertido. Ay. Cuando abrí los ojos, reconocí la puerta que había estado buscando, sin saberlo, en mi deambular nocturno: la de un hospital mental cercano, al que llegaba estragado por el hambre, el sueño, las anfetaminas y la más asquerosa autocompasión. Yo, en mi delirio, era Robert Walser tocando a las puertas de Herisau, pues mi único destino podía ser el manicomio. En realidad estaba diciendo, *abrácenme*. A cambio me sacaron sangre y me inyectaron toda la mierda que necesitaba para que no acabara de irme a pique. Dormí cuatro días. O diez. Qué más da. Nadie preguntó por mí en aquella temporada, y yo supe de una vez por todas que la libertad y la soledad van siempre de la mano.

Volví a mi pieza raskolnikoviana como un sobreviviente culposo. Era un fracasado con una piedra al cuello. Un desadaptado. Tal vez un loco. No obstante, todavía había en mí un pequeño soplo que jalaba hacia arriba, en un movimiento salvador. La idea del *viaje* se incrustó en mi cabeza como una astilla dolorosa. Veía el mar en todos mis sueños. Veía caminos que trepaban, acantilados. Una vez soñé que caminaba con dificultad entre la nieve siguiendo un rastro pero sabiendo que no iba a encontrar nada, nunca. Necesitaba aire. Necesitaba andar. Necesitaba correr, como en los viejos tiempos. Así que un día le pagué a la casera lo que le debía, regalé lo que ya no iba a necesitar, vendí parte de los libros que tenía conmigo, llevé otros a la casa de mi papá, donde todavía mi cuarto estaba intacto, aduciendo que iba a hacer una pasantía de tres meses fuera de Bogotá, y le llevé, a manera de secreta despedida y como un ladrón que se hace cómplice de otro, una botella de whisky de las más costosas. Me recibió en la sala, como a un recién conocido, o tal vez como a un viejo conocido al que ya no hay mucho que decirle. Durante unos segundos nos examinamos calladamente. Yo vi un hombre que envejecía vertiginosamente, de párpados cada vez más pesados y soñolientos, mejillas hundidas y nuez prominente. Pensé: va a morir. No sé él qué vería. Tal vez a alguien cansado y mal vestido con una mirada turbia. Hablamos de minucias, de pequeños problemas de su cotidianidad y, creo acordarme, de su deseo de comprar un computador nuevo porque el viejo le estaba dando problemas. Mientras hablábamos, abrió la botella que le había llevado y le pidió a Carmela que trajera un vaso. Miré a mi alrededor a ver si veía alguno ya vacío, porque al saludarlo había sentido su aliento cargado de alcohol, pero no vi nada. Le hice señas a Carmela de que trajera dos.

¿Has seguido tomando?

El tono de la pregunta de mi papá no parecía encerrar ningún reproche. Había en su voz apagada una neutralidad que hacía que pareciera una mera curiosidad, la búsqueda de un dato. Me pregunté cómo sabía que me estaba convirtiendo, como él, en un alcohólico, pero supuse que eso se reconoce entre pares.

Más de lo que quisiera, le contesté, con sinceridad.

Me miró con sus ojos brotados, eternamente acuosos. Creí ver en ellos una sombra compasiva, un destello de amor filial pero también de desamparo.

Sabes que eso no es bueno, dijo.

Y yo supe que era una confesión sobre sí mismo.

Durante unos momentos estuvimos en silencio, sin atrevernos a mirarnos. Pensé que yo seguía las huellas de su fracaso. Y en el peso de las herencias, de los rasgos familiares que aparecen y reaparecen aunque uno trate de anularlos. La noche empezó a llenar de sombras la casa, porque no habíamos encendido las luces. Sin querer, hice un paneo por aquella salita desmirriada donde nada había cambiado en los últimos quince años: allí estaban, fa-

111

miliares, pero también indiferentes, dos cuadros que había pintado *la mamá* cuando estaba recién casada, el viejo televisor sobre la mesita, dos sillas de mimbre, hermosas y gastadas, la enciclopedia ya obsoleta al lado de libros que probablemente nadie había abierto en años. La repentina sensación de haber perdido algo impreciso me violentó y me hizo fruncir los labios en un intento de sofocar el dolor. Una vez me recuperé del asalto traicionero de la nostalgia, empecé a armar una conversación que fue tomando forma hasta convertirse en una charla amable, sin profundidad, pero necesaria. Al despedirme de mi padre le apreté la mano, no a manera de saludo, como hacen entre sí los hombres, sino con la fuerza emocionada con que se aprieta a un moribundo que ya nos abandona.

Aquel acumulador que fui en mi adolescencia lo que quería era el despojamiento y lo logró. Pero me estoy adelantando. A la mañana siguiente, después de haber visitado la casa paterna, saqué mis exiguos ahorros del banco, una suma que había calculado que me serviría para vivir dos meses sin ninguna clase de trabajo. De todos modos, en un rapto de aparente cordura me decidí a dejar un pequeño remanente, no sé con qué intención, porque no pensaba volver a pisar un banco en los días de mi vida. Luego fui a comprar un pasaje de avión. Hice todo esto sin vacilar pero con una precipitación nerviosa, sintiendo la cabeza caliente y acelerado el corazón. Sólo una cosa me quedaba pendiente. Tomé un taxi, atravesé media ciudad desafiando los horribles trancones de tráfico del mediodía y me bajé frente a la enorme mole de piedra color tabaco del centro comercial. Noté que me temblaban las rodillas y que casi no podía respirar, pero ya había ido demasiado lejos y avancé. Desde la escalera eléctrica pude ver ya la vitrina donde lucían, discretas, algunas teteras de colores terrosos, y tuve miedo de ser visto por Ola antes de que yo entrara, porque quería sorprenderla. Pero no. Sentada sobre un banco alto, con las piernas juntas sobre el travesaño de madera, Ola estaba embebida en un libro, y yo recordé que me había dicho que algo muy bueno de aquel trabajo era que le permitía adelantar las lecturas de la universidad. De perfil, con aquel peinado que siempre se hacía —un mechón estirado sobre la frente por un gancho metálico— y un vestido largo, me pareció una imagen de cuento infantil. En ese momento vacilé. Metí la mano en el bolsillo de mi chaqueta y palpé el sobre, como para darme ánimo. La noche anterior había pasado un buen rato escribiéndole una notica con el estilógrafo Lamy que ella me había regalado, midiendo cada palabra y sus consecuencias. En mi insomnio de medianoche había repasado cada una de las frases hasta estar seguro de que no había en ellas nada cursi, ni cruel ni melodramático, pero ahora, a tres pasos de aquella puerta, tuve la espantosa impresión de que yo era otra vez el adolescente atormentado que en otros tiempos se estrellaba contra el mundo y que estaba a punto de hacerme una herida que no iba a parar de sangrar. Pasé de largo, sin siquiera mirar a Ola de reojo, y antes de que alguna insensatez se me impusiera, tomé el ascensor y salí a la calle.

Di vueltas por los alrededores, enervado como un poseso, pensando en mi visión fugaz de Ola, sentada en aquel banquito y vestida con aquella bata de flores diminutas como en una estampa antigua, debatiéndome entre el deseo de huir y el de regresar y entrar con toda determinación a la tienda. Me imaginaba a mí mismo, con esa sonrisa a medias que nos nace cuando estamos azorados y con la mirada brillante de los que se han propuesto una misión, y anticipaba también, con un dolor que me cerraba el pecho, la mirada de Ola, su gesto de asombro, sus labios estirándose en un gesto de desagrado o incluso de miedo, y luego sus previsibles palabras. Caminé mucho tiempo por las calles de aquel barrio, para mí desconocidas, llenas de árboles en los que a esa hora bailaba una luz dorada que rebotaba en los grandes ventanales de los edificios de ladrillo y por momentos creaba la sensación de agua sobre el pavimento. Toqué de nuevo la carta que me ardía en el bolsillo de la camisa y cediendo a un impulso ciego que agitó aún más mi respiración, la saqué, la rompí y la eché por los agujeros de una alcantarilla. Me despedí así de mi propia esperanza y de ese amor obsesivo. Cuando subí al taxi y di la dirección al chofer, mi voz salió distorsionada y turbia.

II

1

Vi desde el aire la gran masa de agua verdosa que a esa hora del atardecer se llenaba de sombras violeta. Me sentí eufórico. Un taxi me llevó a la casa de Efrén, donde me abrió la puerta una mujer ya no tan joven, acuerpada, de pelo afro. Cuando se dio la vuelta vi que tenía piernas firmes y tobillos finos. Llamó a gritos mientras se perdía por el corredor de paredes manchadas por la humedad. Unos minutos después salió Efrén, con la cabeza empapada, pantalones cortos, chancletas de caucho. Se había dejado crecer una barba estilo Balbo y había engordado tanto que casi no lo reconocí, pero me recibió con la misma sonrisa generosa que tuvo siempre, aunque con manifiesta sorpresa. Me pareció ver, sin embargo, una fugaz opacidad en sus ojos o tal vez una vacilación que me hizo sospechar que no se sentía cómodo con mi visita. Era mi culpa, pensé, pues le había anunciado que viajaría, pero de una manera vaga y más bien lacónica. Nos sentamos en un patio estrecho rodeado de plantas y la mujer nos trajo cerveza. Le precisé a Efrén que venía buscando tranquilidad, tiempo, una cabañita frente al mar para pasar unos meses, pero mientras hablaba me di cuenta de que sonaba como un iluso, un intelectual convertido repentinamente en hippie, que debía parecerle un sinvergüenza que venía a darle lata y a complicar su vida familiar.

Durante los cincuenta minutos que estuve con él me enteré de que la mujer que me había abierto la puerta era una pareja reciente, que él trabajaba como jefe de grupo en un colegio nacional en las mañanas, que le ayudaba a su padre con un puesto de chance, que llevaba una vida sin sobresaltos y que ya no leía casi porque no tenía tiempo. Aun así, me mostró con orgullo una pequeña biblioteca en la sala de su casa y me dijo que podía tomar prestados los libros que quisiera.

En aquel ambiente, sin embargo, Efrén ya no se parecía al estudiante que yo había conocido, el que sabía enfrentar el entorno ajeno con ironía y humor despiadados, el obsesionado por las ideas de algunos autores, el modesto muchacho de provincia lacónico y sencillo. Una sombra tosca parecía revestirlo ahora, convertirlo inesperadamente en un hombre pragmático que había perdido su aura. ¿Puede suceder esto? ¿Que alguien cuya personalidad alguna vez nos resultó seductora se transforme en unos pocos años en un ser desprovisto de brillo? Puede. Le sucedió a Humbert Humbert con su Dolly, a la que encontró convertida en una vaca panzona y desaliñada. Me avergoncé de mis pensamientos. Pero, al fin y al cabo, pensé, lo que sentía aquel hombre domado por una mujer mayor era una pasión, y lo mío una antigua relación de amistad cuyo declive no merecía mayores aspavientos. Y por otra parte, después de aquellos tres años largos ¿no era yo también otro? Tal vez y con justa razón, lo asustaban mi insensatez, mi abandono de lo propio, mi evidente proclividad al aislamiento que él podía interpretar como tendencia a la vagancia o a la locura. La conversación se desarrollaba con esa fluidez que casi nunca se pierde entre compañeros de estudio, pero por debajo yo sentía correr las aguas negras del temor y la prevención, así que le anuncié que me iba a buscar un hotel barato mientras al día siguiente empezaba mi pesquisa. Me insistió para que me quedara a dormir en su casa, pero ahora el que se sentía incómodo era yo y me negué, con la más amable de mis sonrisas. Entonces Efrén me acompañó a una pensión cercana, me ayudó a negociar un buen precio por una semana, y prometió ponerme en contacto telefónico con alguien que podría ayudarme a alquilar una casita en la playa.

El hotel era un edificio color crema manchado por el salitre que daba por un costado a una calle humilde, llena de cafés de mala muerte, y por el otro a una avenida ruidosa detrás de la cual se intuía, oscura y desasosegante, la infinitud del mar. Esa noche dormí bien porque ya tenía una certeza: me había atrevido a postergar —o tal vez a matar— uno de mis futuros posibles.

La semana que iba a estar en el hotel se convirtió en cinco. Me despertaban los olores a comida, los gritos de las cocineras, los vendedores que en la calle voceaban sus productos, los vallenatos que oía a todo volumen la mujer que trapeaba la entrada del hotel, el calor del cuarto, la luz metiéndose por las rendijas de las cortinas marrón. Empecé a temer por la plata sobre la que dormía, que iba disminuyendo con los días, así que suprimí una comida, la del mediodía si había desayunado tarde, la de la noche si había almorzado bien. Con una botella de ron me daba ánimo cada vez que podía. En un cuaderno escolar empecé a llevar un diario, y volví a escribir poemas como en la adolescencia. Efrén trataba de ayudarme en aquella situación incierta: de vez en cuando me invitaba a una cerveza, a un sancocho en su casa, a un trago en un bar. Empecé a sacar libros de su biblioteca, que leía enteros hasta el amanecer, cuando caía devastado sobre mi cama de huésped prolongado, al que ya la dueña de la pensión miraba con aprehensión, empezando a sospechar, imagino, que algún día no iba a poder pagarle. Por la mañana y al atardecer daba largos paseos por el malecón, me internaba en los barrios populares buscando un anuncio de trabajo, un almuerzo más barato, una tienda con mesas en la calle donde pasar un rato. Ciertos días, atendiendo las indicaciones de Efrén, salía de la ciudad en busca de una casita que se anunciaba en los avisos clasificados, pero me encontraba con lugares sucios, apiñados, llenos de sordidez, construidos al borde de caños malolientes, de carreteras ruidosas, de escuelas en las que los niños chillaban al pie del lugar donde estaba pensando pasar un tiempo de silencio y aislamiento. Finalmente, rendido, aterrorizado, pasé tres días encerrado, bebiendo, tirado por horas sobre las baldosas para paliar el calor que se acumulaba como una nube imaginaria contra el techo de madera, durmiendo de manera intermitente y con sobresaltos. Cuando volví de mi borrachera, con la cabeza hueca y las sienes palpitantes, sentí miedo de mí mismo. Habían cortado la luz del barrio y la oscuridad era total. Entonces, por primera vez en mi vida adulta, recé. Arrodillado al pie de la cama, como en las estampas de la primera comunión, invoqué a mi hermana. Si estás en algún lugar, le dije, si aún puedes oírme, sálvame. Mientras decía esto sabía que era una estupidez, que mi hermana ya no era mi hermana, que el alma como un fuego o un aliento que permanece más allá de la muerte es una invención desesperada de los seres mortales, que Elena no podía oírme aunque mis gritos despertaran al universo entero.

De nuevo caí en un sopor inmanejable. No sé cuántas horas pasaron antes de que volviera a abrir los ojos, ni en qué día estaba porque ya para entonces había perdido la noción del tiempo. Supe que era temprano en la mañana porque la luz chirriante del Caribe, tan distinta a la del altiplano, entraba por los resquicios del trapo roñoso que me servía de cortina y se extendía por las baldosas del cuarto. Me dolía el cuerpo, como siempre, y sin embargo me di cuenta de que algo en mí había cambiado en aquellas horas. Quizás era simplemente que había dormido de forma tan profunda, como los niños después de haber llorado mucho, que había en toda mi persona, comenzando por mi cabeza, un impulso vital que ya había olvidado, una euforia extraña que me incitaba a caminar, a sentir el aire de la calle y a oler el aroma yodado del mar y a regocijarme viendo las gaviotas volar sobre la bahía. Quizá fuera también que me asombraba constatar que seguía vivo.

Sentado al borde de la cama me saqué del cuerpo el cinturón de tela, arrugado y húmedo, que sólo me quitaba para bañarme, y conté los billetes que me quedaban. Mis cuentas mentales me decían que no iba a aguantar con esa plata más de quince días. Lo más sensato era echar mis cosas en un morral, irme a la terminal de transportes, tomar el primer bus que saliera para Bogotá y llegar donde mi papá como el hijo pródigo, al cuarto donde me esperaba mi cama de adolescente, mi comida caliente, mi cobija de lana y la conciencia de mi fracaso. Deseché esa idea, fugaz y turbia, con horror. Me imaginé a mí mismo subiendo las escaleras, incómodo de ver a mi padre, sus ojos de párpados adormecidos, y me vi volviendo a mi cubículo de maestro incipiente, llenando formularios para hacer una maestría, fichas de datos para sostener cada día unas horas de lucubraciones coherentes y papeles para lograr un préstamo bancario que me permitiera viajar, y me dije que no, que no quería la vida como una infinita escalera por la que había que trepar a un mismo ritmo, la vida como un orden tedioso que exige a todos los mismos desenlaces, la vida, en fin, como un engranaje de compromisos, de metas y de éxitos.

Pero si la vida en civilización no es otra cosa, pensé. Y recordé a aquel personaje apasionante, Ted Kaczynski, el Unabomber, que escribió un manifiesto contra el mundo industrializado, y que se retiró a vivir sin agua y sin luz a una cabaña aislada desde donde empezó a enviar bombas a las universidades. Pero yo no era un genio, como Kaczynski, que inventaba teorías y asombraba a sus colegas, y, sobre todo, no sentía odio, como él. Envidié ese odio. Porque este empuja, mueve, hasta construye un sentido vital. No. Yo no odiaba a nadie: ni a mis estudiantes desganados, ni a mis colegas universitarios, ni siquiera a los más pérfidos, ni a Ola, que había permitido que descubriera mi cara más monstruosa, ni a Dios, que era una entelequia, ni al destino, que me había robado todas las mujeres que quise. Y ni siquiera a mí mismo, porque hasta cierto punto amaba las formas de mi locura.

En ese momento tocaron a la puerta. Era Efrén, que me miró inquieto. Lo demás fue sencillo y sólo puede explicarse desde ese lugar dichoso que es la amistad: en su casa me tuvo una semana, a punta de caldos y conversaciones, de abrazos imprevistos, de silencios cuando estos eran necesarios. Al cabo de ese tiempo me dijo que había encontrado lo que buscábamos: un lugar donde podría vivir, cercano al mar, a cambio de cuidar la bodega de una gente a la que su mujer debía mucho. Eso sí, me advirtió, era un trabajo delicado, que necesitaba discreción. Pero era en un sitio más calmado, muy solo. La clave era hacer el trabajo y punto. No ponerse a curiosear y cerrar el pico. Le dije que haría lo que fuera y hasta le di un abrazo. Pensé en agradecer mentalmente a mi hermana, atribuyéndole aquel milagro. Y lo hice, apelando al pensamiento mágico agazapado en un resquicio de mi cerebro.

# 2

La arquitectura de la bodega era extraña: un cilindro de cemento, una especie de silo aplastado y sin ventanas, con una construcción estrecha adosada a uno de sus lados, que parecía sostenida en el aire y a la que se accedía desde el exterior por una escalera metálica que temblaba mientras subíamos.

Habíamos llegado en el campero de Efrén, después de un recorrido de dos horas, primero por una carretera pavimentada y luego por un camino de herradura hasta un punto previamente acordado por teléfono donde un hombre nos estaba esperando. Zarco. El Zarco. Por el saludo, supe que no se conocían, pero que los relacionaba un tercero al que llamaban el Mello. Recorrimos los tres otro buen tramo por el camino polvoriento hasta dar con una tienda de aspecto miserable aunque bien apertrechada para estar en esas lejanías. El Zarco compró agua, cerveza, jabón, velas y gasolina —para la planta, dijo, porque por acá la luz se va un día sí y otro también— y enseguida me extendió unos billetes y me dijo que contara. Vacilé, porque eso suponía ya un compromiso, pero los recibí cuando vi que Efrén, subiendo una ceja, me sugirió que apro-

127

vechara para comprar unos víveres. Lo hice, diciéndome, para darme ánimos, que nadie es río para no poder devolverse. Luego seguimos metiéndonos monte adentro, por trochas cada vez más intrincadas, donde cada tanto veíamos aparecer casas bajas y maltrechas, como pintadas por niños. Efrén y el Zarco hablaban de la sequía de meses, del trago de contrabando que entraba sin problemas por la Guajira, de la corrupción de la Policía, y yo escuchaba, silencioso y adormilado.

En aquel edificio adosado a la bodega, y al que se trepaba por una escalera, era donde yo iba a vivir. Pero quizás *edificio* sea una palabra excesiva. Era, más bien, una construcción hechiza, de cemento burdo y madera y, eso sí, con unos grandes ventanales de marcos metálicos. El nivel más bajo era un cuarto con aspecto de oficina. Había un escritorio que daba contra una ventana, una silla y un sofá de cuerina roja con un agujero en el espaldar que dejaba ver la estopa. También había unos archivadores semivacíos y un ventilador que probamos y funcionó bien. En el segundo piso había una habitación pequeña, pero bien ventilada, desde donde podía ver, por un lado, parte de la montaña y el río, y del otro, mucho más allá, la masa del mar con sus reflejos. También había un baño elemental, una cocineta sobre una repisa de cemento, un mueble estrecho de madera y un catre sobre el que alguien había dejado dobladas unas sábanas. Algo me hizo sentir que el lugar había estado habitado hasta hacía muy poco, de modo que tal vez yo era un reemplazo que habían encontrado de urgencia.

Desde la que mentalmente había ya bautizado *la oficina*, una puerta pequeña permitía acceder a una escalera que bajaba a la bodega, un recinto circular en buena parte vacío, donde nuestra conversación generaba eco y donde, seguramente por el grosor de las paredes, la temperatura era mucho más fresca que afuera. Ahí había pilas de paquetes envueltos en cartón y plástico, y otros embalados en guacales de madera: la *mercancía* que estaría a mi cuidado. Miré a Efrén, como expresando algún desconcierto, pero él evadió mi mirada. Como si hubiera pillado la tensión que se había creado de repente entre nosotros, el Zarco me aseguró que estábamos en *territorio amigo* y que no había nada que temer. Jamás ha pasado *nada*.

Luego me entregó un *walkie talkie* y me dio instrucciones precisas y escuetas sobre lo que aquello era de todos modos: un trabajo. Nadie tenía por qué llegar de día. Si veía movimientos raros debía avisar de inmediato y otros etcéteras. Nunca, en los últimos años, había sucedido *nada*, reiteró, porque todo lo tenían *bien arreglado*. Me preguntó si quería que me consiguiera un arma. Efrén me miró esta vez, como sopesándome. Le devolví una sonrisa tranquilizadora, en parte porque aquello me había empezado a parecer tan absurdo, tan impensado, que ni siquiera supe medir mi miedo, en parte porque comprendí que a partir de aquel momento no tenía alternativa. Y finalmente porque pensé que, o aquel amigo no había encontrado otra forma de echarme una mano, o se deshacía de esa manera de alguien que le empezaba a resultar incómodo.

Rechacé el arma con un ligero movimiento de cabeza, como negándole al hecho cualquier trascendencia, porque estaba seguro de que si alguna vez me atrevía a usar una sería sólo contra mí mismo.

Volvimos a salir y penetramos a pie por una trocha abierta en la maleza. El camino era tan cerrado que teníamos que apartar la vegetación para que no nos arañara la cara. En un claro de aquel lugar imposible encontramos una empalizada y en ella una mujer frente a un fogón, que saludó al Zarco con confianza y llamó a gritos a un tal Ismael, que resultó ser un campesino de movimientos pausados que nos saludó de mano, muy solemnemente. El Zarco me presentó con palabras secas como *el vigía* de la bodega. Esa denominación pintoresca me gustó más que la de *campanero,* que iba a ser, según ya había comprendido, mi verdadero oficio. La mujer nos invitó a tinto y se puso a la orden: cualquier cosa que necesitara no era sino que pasara por allá. Tenían muchos medicamentos y también vendían cigarrillos, café, azúcar, mucha cosa que subían del pueblo. Así que no tendría que ir hasta *allá*, porque era lejos, dijo Ismael, y yo creí entender aquello como otra advertencia.

Volvimos a la bodega, abrimos unas cervezas y bebimos sentados en las escaleras metálicas, mirando la lejanía. Efrén me dio un abrazo, el Zarco me hizo bromas, y subieron al carro que se fue bamboleándose y levantando una polvareda. Ahora la brisa soplaba fuerte, doblaba las ramas de los árboles y esparcía el olor de los romeros; todo indicaba que habría lluvia. Subí, desempaqué, creé un mínimo orden con mis pocas cosas. Me senté en el borde de la cama, me quité las medias y los zapatos, abrí una botella de ron que habíamos comprado en la tienda y no pude dejar de sonreír: un cobarde cuidando una caleta de mafiosos.

La tempestad me despertó en la madrugada. La cabeza me dolía, estaba empapado en un sudor frío y tenía náuseas. Me incorporé en el catre, tratando de ubicar dónde estaba, sintiendo opresión en el pecho y dificultad para respirar. ¿Tal vez un súbito ataque al corazón? ¿*Delirium tremens*? ¿Un guayabo descomunal? Entonces entendí. Era otra vez el miedo que tantas veces me paralizó en la adolescencia y que me devolvía al momento del nacimiento: a aquel túnel oscuro, ya sin el pulmón falso que es la placenta, desde donde el pujar de la madre nos lanza a un mundo en el que si no respiramos nos morimos. Terror de vivir y terror de morir.

Los rayos en la oscuridad tenían una belleza sobrecogedora. Me arrastré hasta el baño, abrí la ducha y recibí el agua helada sobre la cabeza y la espalda, encogido como un feto, temblando. Asustado del mundo de afuera, pero también del monstruo que me habita. Y de la vida misma.

Los veinte meses vividos en La Serena son en mi memoria un largo día de sol y una suma de noches a veces rutinarias, a veces inquietantes, un paréntesis enceguecedor coronado por la orgía de horror que me expulsó para siempre de aquel engañoso paraíso. Si fui feliz, no sé, como tampoco sé ahora si lo soy. En realidad creo que nací sin predisposición para la felicidad, así como otros nacen sin predisposición para el amor o para el odio. Pero la frase aquella bobalicona que le dije a Morelli parecía haberse hecho realidad. Era libre, o al menos eso parecía. Y eso que había soñado ingenuamente no fue tan fácil de manejar. Tenía, para empezar, tiempo. Todo el tiempo. ¿Qué hacer con él para no volver a caer en un mundo de rutinas, de repeticiones? ¿Podía uno sustraerse a un orden que empezara por la comida y el sueño y siguiera por el ejercicio, la lectura, la contemplación? ¿Qué era trabajo y qué era ocio? La culpa por no estar trabajando caía de cuando en cuando sobre mi pecho, y allí se instalaba enterrándome sus uñas y sorbiéndome las pequeñas dichas. Pero tenía cómo conjurarla. Leer fue uno de los placeres de aquellos días. Leer y releer, como los niños cuando se han enamorado de una historia. Y escuchar el silencio. O aprender a escucharlo. Yo oía en mi iPod todo lo que traía grabado: a Lenny Kravitz y a Jethro Tull, a Benny Goodman y a Charlie Parker. Pero en esos días la música me llegaba de una manera distinta a como me llegaba antes: como el sonido de otro río, helado, burbujeante, como un licor desconocido que me proporcionaba euforia, una borrachera feliz y desconocida. Sin embargo, en las pausas de silencio, que fueron agrandándose, mis oídos empezaron a oír lo que nunca habían oído: el crepitar de las ramas al romperse y del aire al entrar en mis pulmones, el estallido minúsculo de un botón al abrirse, el golpe de un insecto contra el borde de la ventana, y los gritos lejanísimos de los pescadores que el viento traía a ráfagas convertidos en un idioma desconocido. Comprendí que yo era ahora el custodio de un mundo que me hablaba con un código que debía aprender lentamente.

Una o dos veces a la semana y siempre entre la una y las tres de la mañana, me alertaba el sonido sucio del *walkie talkie* seguido de la voz ya conocida, y casi de inmediato el ronroneo de un motor que parecía querer hacerse sigiloso. A veces debía abrir la puerta grande, para que entrara el jeep o el camión, a veces sólo la compuerta, para que pasaran los cuatro o cinco hombres que hacían la tarea. Yo no me involucraba. Habría preferido escabullirme, esperar en la habitación el tiempo que demoraba la operación, pero sabía que debía permanecer ahí y lo hacía pegado a la pared, como mimetizándome y siempre un tanto sobresaltado, siguiendo en la penumbra el movimiento rápido, concentrado, eficaz, de aquellas personas. A veces descargaban, a veces cargaban, pero siempre se iban por la trocha que lleva al mar, donde se elevaban las bengalas orientadoras que yo podía ver desde mi buhardilla, alta como la cofa de un barco.

Aquellos tipos nunca ocultaron sus caras y yo sabía lo que eso significaba. De vez en cuando venía con ellos un hombre de pómulos anchos y ojos achinados, un guajiro cetrino al que le decían teniente y al que trataban con mucha deferencia. Supe, entonces, por dónde iba la cosa. De vez en cuando me inquietaba el sobrevuelo de una avioneta o de un helicóptero. Las primeras veces el pánico me puso a sudar a chorros, a imaginar absurdos como bombardeos a mi pequeña fortaleza, pero luego entendí que se trataba de *los mismos*, aunque yo no supiera muy bien qué encerraban esas palabras.

Las madrugadas, en cambio, eran mi remanso. Casi siempre me deslizaba hasta el río antes de las seis y nadaba, todavía entre sombras, en los pozos oscuros de agua helada, hasta que el sol empezaba a brillar y yo me extendía sobre las piedras como una iguana, sintiendo poco a poco los lametazos del calor sobre mi cuerpo desnudo. Durante aquel tiempo descubrí que hablaba solo, y todavía me pregunto si fue en aquellas soledades donde cogí esa costumbre o si ya lo hacía en esos días sonámbulos que me expulsaron de Bogotá. Cuando hice conciencia de esas ráfagas de palabras que se me escapaban involuntariamente y sacaban a la luz trozos articulados de pensamiento, tuve miedo de estar enloqueciendo. Pero después pensé que era un mecanismo sano de mi cerebro que al devolver-me, como un eco, parte de lo que se tejía incesan-temente en sus profundidades, atenuaba en algo la condición de fantasma que parecía ir acentuándo-se en aquellos lugares.

Decir que estaba siempre solo, como un Robin-son Crusoe de aquellos parajes, sería una mentira, porque a partir de cierto momento, empujado por la necesidad de contacto humano, empecé a fre-cuentar la casa de Ismael y a pasar con él y con su mujer largos ratos al final de la tarde. A veces lo acompañaba al aserradero, que estaba a más de una hora de camino. Habían llegado huyendo de otras violencias, habían comprado una ruina y la habían hecho vivible con sus manos, tenían cerdos y galli-nas y ningún hijo. Ismael era un campesino de po-cas palabras, flaco y nervudo, de mirada oblicua, en el que yo no acababa de confiar. Su mujer, en cam-bio, una muchacha de pechos y caderas enormes, era locuaz y bromista. Fue ella la que me apodó *el bachiller*, cuando algo les conté de mi vida. Y la que decidió cortarme el pelo, como hacía con su mari-do, porque su ambición había sido la de ser pelu-quera, pero sobre todo para que no tuviera que bajar al pueblo a cortármelo y que así no me pistia-ran. *Es que un bachiller como usted qué puede estar haciendo por aquí*, me explicó. *Pues cosas jodidas*, acotó Ismael, con una risita.

Por ellos me fui enterando poco a poco de quiénes eran los que mandaban en esa parte de la sierra, y a quién había que temerle. Un día cualquiera, mientras estaba allá, se acercaron tres hombres uniformados. Ismael se levantó, los saludó de mano, entraron en el cuarto donde tenían las vituallas. Mientras tanto su mujer, que estaba haciendo café, me echaba miradas significativas y hacía gestos con la boca. Un rato después salieron con paquetes. Yo supe, por las botas, a qué bando pertenecían. A veces, desde mi garita, veía pasar las filas de camuflados subiendo o bajando, pero me sentía seguro porque Ismael dijo, con mucha contundencia, señalando hacia la bodega, que *con ellos no se meten.*

También yo era parte de *ellos.* Cuando esta reflexión venía a mi cabeza sentía un enorme desasosiego. Entonces me decía que había caído allí por pura necesidad, que era una cuestión de supervivencia, que esa era una vida transitoria, que sólo había apretado el botón de pausa, que estaba jugando a ser otro, como don Quijote, y que, ya que yo era un postergador irremediable, finalmente sería la misma vida la que me desenmascararía. Así, de esa manera mentirosa, apagaba mi conciencia y me sumergía en otro río. El del tiempo, al que supuestamente había ido a entregarle lo mejor de mí mismo.

# 3

Dicen que la soledad es perfecta para pensarse. Pero yo de lo que quería huir era del pensamiento, por lo menos durante un tiempo. Corrijo: del pensamiento sobre mí mismo. No quería, en absoluto, meditar sobre mí ni analizar mis decisiones. La palabra *yo* era un estorbo que me daba el gusto de enterrar mientras observaba el vuelo de un cóndor o disfrutaba, echado en mi cama, con los ojos cerrados, de los tremendos aguaceros. De vez en cuando, sin embargo, pensaba en los que había dejado atrás: Ola, mi papá, Morelli, Carmela, algún estudiante. Me preguntaba si me echarían de menos, si al menos se preguntarían por mi suerte, por si estaba vivo o muerto. ¿Qué podía pasarles a ellos sin mí? ¿Qué podía pasarme a mí sin ellos? Nada, me repetía, nada.

Por primera vez en mi vida no tuve miedo a la luz del día. Tampoco me refugié en mis dibujos, tal vez porque ante aquella profusión vegetal cualquier representación resultaba irrisoria. Fui tomando confianza y empecé a alejarme de la bodega. Exploré montaña arriba y aprendí a moverme como un animal de monte. Me concentré en hacer más elásticos mis músculos y del cuerpo un territorio de resistencia. Me expuse conscientemente al sol del mediodía, a las dificultades de la sierra, al frío de las mañanas, como un anacoreta que está siempre midiendo cuál es su límite, su poder de endurecimiento. Algunas veces me detuvo una carcajada lejana, un montón de ceniza o un presentimiento. Era liberador sentir que aquella vida me había hecho recuperar el mundo físico, pero también era consciente de que lo salvaje me era ajeno. Sin embargo mi cabeza obsesiva no podía dejar de leer, de modo que a los tres meses ya había dado buena cuenta de todos los libros de Efrén. Él no volvió a aparecer, pero logré que me enviara otro *cargamento* —y no puedo sino sonreír cuando escribo esta palabra—. Con cierta extrañeza vi que contenía algunos libros de autoayuda. Para no ofenderme preferí pensar que se trataba de una de sus bromas ácidas.

Pero hubo una noche distinta a todas. Y aquí la historia se complica. El *walkie talkie* me despertó, como siempre, con sus ruidos cenagosos. Aturdido de sueño contesté como pude y me apresuré a encender la linterna, a abrir la puerta de la oficina que daba a la bodega y a bajar las escaleras. Por las rendijas pude ver el reflejo de los faros del camión, algo raro porque los tipos se cuidaban de transitar con las luces apagadas. Fue ahí cuando empecé a oír el traqueteo, los gritos, las ruedas machacando el cascajo, y vino el cimbronazo sobre la puerta metálica que se desgajó de medio lado con un chirrido. Entonces apagué la linterna, trepé las escaleras y abrí la otra puerta, la que daba a la trocha y empecé a bajar, cagado de miedo y sintiendo que por mi columna subía una oleada de calor. Pero a mitad de camino me arrepentí, di media vuelta y volví a subir, bufando, a sabiendas de que esta decisión podía ser la más estúpida de mi vida. Mientras tanto oía cómo arreciaba el tropel dentro de la bodega, cargado de hijueputazos y de lamentos. Persistí como un cretino y fui hasta el rincón donde escondía en un canguro la poca plata que me quedaba. Entonces me estremeció el estruendo de los golpes en la puerta que daba a la oficina. Bajé a trancos por la escalera metálica y me arrastré hacia los matorrales. Desde allí vi cómo dos hombres salían de detrás de la edificación y subían por donde yo había acabado de bajar. Desde mi escondite pude ver sus siluetas yendo de un lado para otro, primero en la oficina y enseguida dentro de mi cuarto; me deslicé todo lo que más pude, hasta donde ya no podía ver la casa y allá permanecí, empapado en sudor a pesar de que a esa hora soplaba un viento helado. Un rato después oí el arranque del camión y enseguida el silencio que se extendía por todo el lugar, pesado como una amenaza. Y luego, poco a poco, el lento renacer del canto de los grillos y de los sapos. De mi cuello colgaba el *walkie talkie* y en mi mano llevaba la linterna. Estaba vestido sólo con pantaloneta y unas abarcas de tela, pero ya había decidido que era mejor no volver adentro. Un rato después, con todo el sigilo de que era capaz me dirigí a la casa de Ismael, orientándome en la oscuridad. Los perros no ladraron, lo que me pareció una mala señal. Aun así avancé, oyendo sólo los sonidos sofocados de mi cuerpo. Pude ver que la puerta estaba entreabierta. Desde donde estaba aventuré, tembloroso, el haz de luz de mi linterna: primero vi el amasijo de ropas ensangrentadas, y más arriba, el par de ojos entrecerrados, mudos. Oí unos murmullos adentro antes de echar a correr, de tropezarme con el perro despatarrado, que todavía gemía, y de perderme para siempre de La Serena, un nombre que debieron darle a ese lugar almas apacibles en otros tiempos.

Sierra abajo empecé a ver las hogueras. Primero me parecieron meros puntos de luz, como si en la parte baja de la montaña nacieran estrellas o ciudades. Antes de comprender lo que en verdad eran pensé en fogatas prendidas para iluminar el camino o en una inverosímil fiesta de boda. Volver atrás era imposible, así que seguí bajando por el camino hasta encontrar un caserío. Me detuve a un lado de la trocha, escondido y agitado, pero de repente desprovisto de miedo, decidido a todo, olisqueando el peligro, como un perro. Las primeras casas que vi estaban intactas, y sin embargo no se veía ningún vestigio de vida. Esperé. Nada. Ni gemidos ni susurros y ni siquiera ladridos de perros. Más allá, el humo invadía todo. Impedido de hacer otra cosa y confiado en que la nata espesa que desdibujaba el contorno de las ruinas me hiciera invisible, me decidí a atravesar aquella única calle desierta donde brillaban, cada tanto, leños que no terminaban de apagarse. Sentí, mientras corría, cómo me ardían los ojos, la piel, la garganta. Cuando ya dejaba atrás el caserío, la visión de una mujer acurrucada, con la cabeza apoyada contra la puerta entreabierta de un corral, hizo que me detuviera. Era la mujer de Lot, antes de darse la vuelta y quedar convertida en estatua de sal. Ella tal vez podría contarme cómo había comenzado aquello, quiénes fueron los verdugos, y juntos huiríamos del infierno y nos haríamos compañía por el camino. Me arrimé entonces tan silenciosamente como pude, me agaché a su lado, y cuando le toqué el hombro, con suavidad, pues no quería asustarla y que gritara, vi el agujero, perfecto y de bordes oscuros, el pegote brillante en la raíz del pelo y me incorporé, horrorizado. Sin querer la rocé con mi cuerpo y el suyo cayó sobre la hierba con un ruido seco. Voces en el camino me hicieron saltar dentro del corral que hedía a estiércol y a sudor animal y echarme al piso entre sustancias blandas que fui reconociendo poco a poco con asco: eran los cuerpos retorcidos y arracimados de las bestias, los cachos y las pezuñas carbonizados y los vientres tumefactos que todavía soltaban gases y cuya blancura asquerosa iluminó tenuemente una luna que empezaba a salir de su escondite, mientras yo, doblado sobre la tierra, expulsaba el miedo que había estado reteniendo en las tripas.

# 4

A veces, el precio de la libertad es el desamparo. Bajo el cielo desnudo, con los pies deshechos, aliviado de despertar de una pesadilla, me sentí ingrávido, casi libre de mí y del mundo del que venía huyendo desde siempre, pero también errático, jalado sólo por la inercia y por el desasosiego. Al borde de la carretera que se estremecía cada tanto con el paso de las tractomulas, supe que me daba lo mismo ir al norte que al sur. Como quien dice, ahora tenía la libertad que le había anunciado a Morelli, pero no tenía rumbo ni aspiración de nada y ni siquiera alegría.

Cuando ya empezaba a aclarar, vi pasar la caravana de jeeps camuflados repletos de soldados y dos ambulancias estruendosas que se dirigían al lugar de la catástrofe. Amaneció. Una luz líquida, fresca, inocente, iluminó un mundo que olía a hierba y salitre, donde parecía que nada hubiera sucedido, donde en lo alto de árboles tupidos piaban miles de pájaros invisibles y donde la carretera mansa, amigable, parecía invitar a un largo viaje. Sopesé mi cansancio, el dolor de los huesos, el hambre. Algo que todavía tenía medida, que no era esa sensación neblinosa que iba a experimentar tantas veces después de aquel día.

La memoria desbarata los hechos, los trastoca, fabula. Pero hay siempre un primer día que se fija como un número en el brazo de un condenado. Ese primer día yo era todavía un hombre completo y a eso ayudaba que tenía un fajo de billetes enrollado debajo de la cintura. Y sin embargo pude intuir que mi vida se torcía como un trapo que unas manos exprimen. A un costado de la carretera, en una pequeña hondonada me senté y conté: con lo que me quedaba podría vivir unos días mientras conseguía un trabajo. Examiné allí mismo mis pies llenos de cortaduras, de manchas moradas que dentro de poco serían ampollas, mi ropa manchada de hollín, barro, ceniza. Necesitaba agua, un hotel donde pudiera bañarme. Tuve que caminar todavía mucho antes de avistar una fonda abierta sobre la carretera. Una mujer estaba poniendo ollas sobre un fogón. Tenía unos ojos grandes, brotados, que me inspeccionaron de arriba abajo como si algo no le casara. Pronto llegarían noticias y yo me convertiría en un sospechoso. Pero minutos después estaba sentado allí adentro, como un parroquiano cualquiera, frente a un plato de caldo. Mientras la mujer me indicaba por dónde ir al próximo pueblo, pude ver en su cara la sombra de la desconfianza. Pagué y salí como quien huye. Sobre mi cabeza zumbaban las aspas de los helicópteros.

En una tienda abarrotada de chécheres compré un morral, una camiseta, medias y tenis; en un supermercado jabón, agua y cigarrillos, y en un hotel que cobraba por horas me di un baño y dormí casi hasta media tarde. Luego, cuando salí a dar una vuelta por ahí, vi que el pueblo estaba lleno de soldados por todas partes. Debajo del uniforme caqui y del casco, aquellos hombres-niños se calcinaban en todas las esquinas. Tuve claro que era necesario dejar atrás aquella zona, así que fui a la terminal y compré un pasaje de bus que me sacara de allí y me llevara lejos. No había nada disponible antes de las once de la noche. El edificio, totalmente rudimentario, estaba tan abarrotado de gente, que se me ocurrió pensar que estábamos en medio de una guerra, y que lo que presenciaba era un éxodo masivo. Pero nada parecía corroborar esa idea, salvo que allí también había mucha tropa. Esperé, pues, unas horas entre labriegos de pieles cuarteadas, mujeres viejas y mujeres jóvenes con niños que chillaban como micos, y tipos gordos con anillos o cadenas de oro, con bigotes y calvas, comerciantes seguramente.

Cuatro o cinco horas después de arrancar, el bus, que había recorrido varias horas en plano, empezó a trepar montaña. Me dormí. Un rato más tarde nos sobresaltó una parada imprevista, pues no hacía mucho habíamos parado para mear. El chofer estuvo un rato fuera del bus y luego subió a informarnos que se trataba de una requisa. Bajamos todos en un silencio que mostraba a leguas la inquietud que sentíamos. Afuera nos esperaba un grupo de hombres de camuflado. Les miré las botas: tipos del ejército, sólo que ahora se veían menos jóvenes, más hoscos y amenazantes que los del pueblo en el que nos habíamos embarcado. Me tranquilizaba pensar, estúpidamente, que iba limpio, que mis tenis y mi camiseta —que tenía un letrero estúpido, *Route 66*— eran recién comprados. Como si eso significara algo. Y sin embargo me bajé con cara de culpa, como si tuviera manchas de sangre en el pantalón o en las manos. En mi canguro llevaba la cédula, lo único que todavía atestiguaba que pertenecía a algo, en este caso a un país vuelto mierda. La requisa duró casi una hora. Nos hicieron abrir los morrales, las maletas, nos cachearon por todas partes. A mí me preguntaron a dónde me dirigía, a qué me dedicaba, qué hacía en la zona. Pensé contestar que era testigo de Jehová, pero no llevaba Biblia. Labriego, pero mis manos me delataban. Con la frialdad que se espera de un asesino, contesté que trabajaba en comunicaciones y que venía de pasar vacaciones donde una hermana. A unos cuantos los retuvieron con ellos. A los demás nos dejaron seguir. Una mujer se persignó a mi lado y murmuró entre dientes: la misma chusma.

Llegamos entrada la mañana, pero a pesar de ser todavía temprano, la humedad me traspasaba la ropa que se me adhería a la piel como una película pegajosa. Desde aquel día supe que era más fácil ir de un lado a otro que llegar. Llegar es buscar, esperar, no encontrar.

En aquella ciudad donde el calor subía a mediodía como un vapor que lo cubría todo, que velaba los ojos y le arrancaba gotas a la frente, a las axilas, al cuello, el ruido de las chicharras no cesaba nunca, pero al atardecer se convertía en una música enloquecedora que parecía salir de las paredes, descender de los astros como una lluvia de alfileres que traspasaba el cuero cabelludo y se instalaba en todas las nervaduras del cerebro. O tal vez lo recuerde así porque a esa hora también bajaba hasta mi cerebro la mordedura del hambre, ya que muchas veces pasaba el día con el café del desayuno y, si había suerte, con una sopa al almuerzo. Cuando estaba de buenas conseguía pequeños oficios: fui mandadero de un mandamás, pinté las rejas de un parque, lavé inodoros, aprendí a triturar basura.

Recuerdo corredores con olor a moho, un garaje abandonado, una mansarda llena de cucarachas. Y una muchacha. Venía con un plato en las manos, quemándose, buscando un lugar donde sentarse en la cafetería repleta, mientras las meseras, mujeres gordas vestidas de azul y blanco, con trapos que les agarraban el pelo, iban de un lado para otro, malhumoradas. Con la cabeza le señalé una silla vacía. Ella me dio las gracias, depositó la taza sobre la mesa, que era pequeña y estaba casi contra la puerta de salida, se sopló las yemas de los dedos y se sentó. Tenía un vestidito rosado, vaporoso, como de niña; los brazos morenos cubiertos de vello oscuro y el labio levantado que dejaba ver los dientes delanteros me hicieron pensar en un animalito montaraz. Intercambiamos frases irrelevantes, cohibidas, incómodas. Ella, con buen olfato, me preguntó de dónde era. Las palabras empezaron a rodar de lado y lado, fáciles, llenas de casi nada. Estaba bien así, pensé, mientras ella, para hacerse oír en medio del bullicio, se inclinaba de vez en cuando hacia mí, alargando su cuello por encima del vaho de la sopa. No me aburría, en absoluto. Por el contrario, me hacía reír.

Caminamos por calles que nunca había visto, cada vez más solas. Calles de asfalto desdentado y casitas aplastadas que se fueron haciendo penumbrosas. Ni una gota de belleza ni un árbol ni una flor en el bochorno de la noche. Yo sentía el olor a jabón de su pelo y un leve jalón de deseo entre las piernas mientras pensaba cuánto hacía que no estaba con una mujer. Me pregunté cómo me vería ella, a qué podría olerle mi cuerpo. Cuando le conté de dónde venía, la muchacha me preguntó cómo era el mar y, como si pudiera leer mi pensamiento, a qué olía. Me pareció que cualquier respuesta era tonta. O imperfecta. ¿A sal? ¿A yodo? ¿A pescado? Alguna vez leí que el verdadero olor del mar, a causa de los sulfuros que contiene, es a repollo podrido. Pero no iba a arruinar con esa respuesta el romanticismo de su pregunta. Recordé que cuando un compañero de colegio me preguntó cómo se siente uno cuando la mamá se muere, yo le contesté algo que parecía un chiste, pero que no lo era: *huérfano*. Así que le contesté: *A mar*.

Se rio. Tenía unos dientes pequeñitos, redondos, muy blancos, dientes de leche que hacían menos oscuras aquellas calles. Luego empezó a enumerar los sitios que le gustaría conocer: México —adoraba las canciones de Juan Gabriel—, el nevado del Cocuy, el mar, Medellín, la ciudad donde vivía una prima. Me hizo sonreír esa enumeración caótica. Ella era operaria en una maquiladora y venía de trabajar en el turno de la tarde. Yo le conté que había sido contratado temporalmente para limpiar y triturar botellas de vidrio y que ese había sido mi último día de trabajo. No le hablé de las molestias de la soda cáustica.

En su pieza todo fluyó con una naturalidad pasmosa. Imaginé, por la sencillez y eficacia de sus movimientos, por su disfrute espontáneo pero sin desbordamientos, que yo era uno de muchos que pasaban por ahí. Antes de que amaneciera me pidió, suavemente, que la dejara sola, porque no quería que me viera la dueña de la casa, y dijo que le gustaría volver a verme. Salí a la noche, ya fresca, borracho de sensaciones, hacia la pensión asquerosa donde dormía. Pero las calles empezaron a girar, a cruzarse, a devolverme al punto de partida, a escupirme al mismo baldío, a la misma avenida solitaria y al mismo parque donde la hierba crecida trepaba por unos juegos muertos, columpios rotos y balancines herrumbrosos. Una llovizna fina me empapó en minutos. Empecé a correr, aterrado de aquel delirio, sintiendo que mis piernas corrían detrás de mí y que me ardía el pecho y me saltaban las sienes, hasta llegar a una puerta que se abrió apenas la empujé y que me llevó por corredores y escaleras al lugar infame donde estaba viviendo.

El tipo con el que compartía cuarto desde hacía dos días por petición de la dueña —a condición mía de pagarle sólo la mitad de lo acordado— roncaba la perra viva. Me metí vestido debajo de la sábana y me dormí enseguida. A media mañana me despertaron la sed, las pesadillas y la garganta en llamas. Tenía la boca llena de escaldaduras, la laringe en carne viva. Pensé en palabras como *escorbuto*, *difteria*, *escarlatina*, pero sólo porque en mi infancia me producían entre fascinación y terror. La fiebre me mantuvo sumido en un sopor muchas horas, no sé cuántas, hasta que la dueña de la pensión, que se asustó porque dizque me oyó delirando, vino con un vecino que tenía rudimentos de medicina y que me dio enjuagatorios y bebedizos. Mi circunstancial compañero de pieza me trajo, generosamente, gaseosas y caldo. Dormí muchas horas. Cuando cedió la fiebre, uno o dos días después, me paré como pude y comprobé lo que ya sabía: que habían roto el candado de mi morral. El canguro no estaba por ninguna parte y mi solidario compañero de cuarto se había marchado sin despedirse.

De repente me invadió un cansancio cósmico, un cansancio que estaba seguro que había pasado durante siglos de cuerpo en cuerpo por muchos de mis antepasados hasta llegar a mí convertido en un peso insoportable. Miré hacia atrás y me vi como un Atlas pequeñito, condenado desde siempre a cargar el cielo sobre su espalda —o mejor, su propio infierno—. Y me vi allí, en ese cuarto de paredes repisadas de pintura brillante color crema con sospechosos chorriones en el piso, un bombillo colgante, una costra negra alrededor de la ventana, y ese horrible almanaque de una mujer cargando un gato que aspiraba a adornar ese chiquero, y me vi también como el hombre desnudo y despojado en el que Lear se convierte debajo de la tormenta iracunda. Un hombre desnudo con la cabeza repleta de datos inútiles, de historias de otros, de letras en desorden, de ideas enloquecedoras, de pesadillas alucinantes.

Salí a escondidas de la dueña y empecé a errar por aquel barrio asfixiante, lleno de tienduchas destartaladas, de pasillos convertidos en montallantas, de puestos callejeros atendidos por mujeres obesas y de prostitutas recién bañadas. El calor caía sobre mi cabeza como una bruma pegajosa en la que flotaba un olor a flores descompuestas. Necesitaba aire fresco, así que caminé un buen rato hasta que vislumbré campo abierto y seguí caminando sin parar, día y noche por el borde de la carretera, con mi morral a cuestas. La idea de que de un momento a otro me hubiera convertido en un vagabundo no dejaba de producirme una estupefacción culposa y también de sacarme una sonrisa amarga. Era mi libertad ganada a pulso, a cambio de convertirme en una ruina.

Y así es. Así. Hay un momento en que usted puede verlo, sentado en la acera, tal vez con un letrerito que explica que no ha conseguido trabajo, pero algo en él se lo hace saber: todavía no ha cortado el lazo de la dignidad. Todavía no huele. Todavía no se ha acuclillado para cagar en un rincón de la calle ni ha escarbado en las canecas ni ha masticado sobras.

Dios castigó a Caín con la errancia perpetua. Porque para Dios y la sociedad sólo eres bueno cuando echas raíces. Cuando siembras, cuando cultivas, cuando tienes hábitos. El mundo les teme a los desarraigados, a esos que llevan la casa en un carro de supermercado, en una maleta con ruedas, en un costal, en ninguna parte. Les teme cuando su mirada se hace distinta porque la vergüenza los va abandonando y algo semejante al cinismo aparece en su semisonrisa suplicante, hipócrita. Todos hemos visto cómo el mendigo de cara benevolente, el drogadicto que endulza la mirada antes de extender la mano, mira ávido la moneda que le dan, casi siempre descontento, casi siempre rabioso, y se aparta con desdén de su benefactor, sólo para acercarse a otro transeúnte que pasa agachando la cabeza, sordo, impávido, escabulléndose.

Yo sabía que había que conservar un mínimo de decencia. Partí leña, cargué bultos, cuidé los carros que estacionaban en fondas al lado de la carretera. Una mujer me dejó dormir varias semanas en un cobertizo al lado de su tienda. Un expresidiario que ahora manejaba camiones me recogió, me acercó al pueblo más próximo y por el camino me contó cómo tuvo que matar a su vecino, que lo había timado. Ahora, me dijo, era un hijo del Señor, un pecador arrepentido al que sólo sacaban de quicio los maricas. A un marica sí sería capaz, no sabía si de matarlo, pero sí de darle una tunda. Como se avecinaba el fin del mundo estaba dedicado a hacer buenas obras, me dijo, antes de dejarme a la entrada de un pueblo y desearme bendiciones. Y así fui. Colgado de camiones. En buses. Caminando. Por el borde de un tiempo que corría, lento, hacia ninguna parte.

III

# 1

De repente, han empezado a pasar cosas raras en esta casa. Esas que de algún modo había estado temiendo desde que llegué aquí. Y empezaron por el lado más imprevisible: Jonathan. Entró con su tablero de parqués, uno que le pedí a Eulalia que le comprara para su cumpleaños. Me habían sorprendido su capacidad de concentración, la alegría que sentía al mover las fichas, sus carcajadas estrepitosas cuando lograba adelantarme. También su tozudez, su repentino cansancio, sus rabietas, que yo había ido aprendiendo a sortear. Era, hasta ese día, como un cachorro cariñoso que a veces restregaba contra mi hombro su cabezota, que entornaba los ojos, hacía ruiditos y chasqueaba la lengua, que sacaba y metía, húmeda y brillante, de su boca distendida. A veces yo estaba de buen genio y lo lidiaba, le hacía bromas, lo ponía a dibujar con mis lápices y le celebraba sus mamarrachos. Pero cada vez lo hacía menos. Porque me he estado rindiendo a mi malparidez, a un malestar del espíritu que me lanza a largas caminatas o, por el contrario, me paraliza, me enrolla como a un feto, me pone a temblar como en los peores momentos de un *delirium tremens*.

Entró, pues, Jonathan con su tablero. Lo oí arrastrar sus pies, acercarse ronroneando como un gato a la puerta de la cocina donde me estaba sirviendo un café, lo único que se me ocurría para calmarme en un día en que desde la madrugada me había estado preguntando quién mierdas era yo, qué hacía aquí enclaustrado como un monje, si finalmente vendrían mis verdugos a sacrificarme, si no sería mejor acabar con esto en vez de estar rumiando pensamientos, reviviendo el pasado con una obsesión digna de mejor causa, sediento del agua hirviente que me permitiría sobreaguar, con la boca llena de heridas porque me habían vuelto las fiebres de mis peores días, fiebres que me despertaban llorando como un niño de pecho, anhelante de una madre pero también de un río a donde tirarme, como en los días de La Serena, donde yo no fuera más este bípedo que en busca del cielo se hunde cada vez más en el pantano, sino un pez con escamas protectoras que se deja llevar por la corriente.

*No, Jonathan, hoy no*, le dije cuando levantó el tablero a modo de invitación, mientras abría su bocota sonriente y las pupilas le bailaban como dos maras negras. No, reiteré, con tono de padre severo, esperando que diera media vuelta y dejara de joder. Pero Jonathan se sentó al otro lado de la mesa y empezó a poner sus fichas como si nada, sin levantar la vista, como un maestro de ajedrez que se dispone a una partida importante. Le di entonces la espalda para que viera que no tenía ni la más mínima intención de pararle bolas. *Ajú, ajú, ajuuuú.* Los quejidos de Jonathan empezaron a sonar bajito, intentando conmoverme, porque era un gran manipulador. *Ajú, ajuuú.* No me hizo gracia, porque ya tenía suficiente con mi propio ruido, un remolino de palabras que sonaba como un moscardón contra las paredes de mi cerebro. El *ajujú* empezó a aumentar de tono y se convirtió en un ulular inhumano que me subió de los oídos a las sienes y se instaló en mi cabeza hasta conseguir que un enervamiento me hiciera saltar de mi sitio y que mi brazo, como independizado de mí, cruzara el espacio que nos separaba y, antes de darle el bofetón que estaba tentado a darle, bajara hasta el tablero e hiciera brincar por todas partes las fichas rojas y verdes que había dispuesto como dos ejércitos.

Jonathan se calló abruptamente y puso cara de terror. *A la casa, Jonathan*, grité, encendido todavía por dentro y aterrado de mí mismo. Entonces vi cómo se levantaba de la banca, con cara de estupefacción, cómo daba la vuelta a la mesa con su andar pesado y se me acercaba mirándome a los ojos, como un perro que bate la cola para reconciliarse con su amo, y cómo, cuando yo pensaba que iba a abrazarme o algo así, tomó mi taza entre sus manos y la dejó caer al suelo, donde se reventó con estrépito. Luego salió de la cocina sin recoger nada, arrastrando sus pies, balanceando de lado a lado su cabezota de niño, y sin hacer el menor ruido. Mientras lo veía salir, una voz chirriante me susurró al oído: *Gabriel, hijo de puta, sos un pobre malparido.*

No hice nada para remediar aquel desatino. No tenía el humor ni la energía que requiere la benevolencia. Di vueltas por la casa como un endemoniado y me dije que, para calmarme, tal vez debía leer. Abrí *La brevedad de la vida* en cualquier parte y dejé que me hablara. *Así que lo mismo es vivir bienaventuradamente que vivir según la naturaleza.* Séneca me decía, desde la tumba, con su voz ronca y plácida, que hay que seguir el caudillaje de la naturaleza. No pude sonreírle a aquel hombre inmortal, pero salí a la tarde fría. La luz era pesada, de un gris piedra que hacía ver más oscuros los árboles. Caminé hasta el bosque de pinos que quedaba subiendo la ladera, un lugar que me devolvía a los olores a hierba húmeda y aserrín de mi infancia. A veces me había cruzado con el guardabosques y nos saludábamos como los campesinos, con una sola palabra y bajando los ojos. Así que no tuve miedo de parecer un invasor cuando levanté el alambrado y entré en territorio ajeno como un ahogado en busca de oxígeno, disfrutando del suelo blando, henchido, salpicado de hongos oscuros y de bayas caídas. En un montículo de rocas me recosté a respirar mi desconcierto, mi culpa, el odio hacia mí mismo que me ha acompañado siempre, y me puse a mirar la cúpula de los pinos, el lento bamboleo de sus puntas erizadas contra la masa oscura del cielo encapotado, su realidad lejana y atrozmente indiferente. Y entonces una frase vino a mi cabeza: un mar de árboles. No, no era una metáfora de mi cosecha. Es la forma en que llaman al Aokigahara, el bosque de los suicidios en Japón, que queda en las faldas del monte Fuji, y que se hizo famoso por una novela de un tal Seicho Matsumoto, y también porque un famoso manual recomienda ese lugar para quitarse la vida. Lo sé porque hubo un tiempo en que me dediqué a investigar sobre el suicidio: uno de los guías del parque explicaba en un documental que unos entran seguros de su decisión y se matan de inmediato. Casi todos se cuelgan; otros toman sus pastillas. Uno que otro se pega un tiro. Pero hay otros que dudan, dan vueltas, se pierden y hasta acampan. Y luego se matan o regresan a sus casas. Cada tanto hay brigadas de voluntarios que buscan cuerpos.

Todo eso pensé mientras estaba allí, pero en vez de apesadumbrarme me serené. Morir en un bosque es una buena manera de morir. De seguir el caudillaje de la naturaleza.


Esa misma noche empezaron las señales: a la madrugada oí un estallido seguido de un ruido de cristales sobre las baldosas. Me levanté de un brinco, seguro de que lo que había estado esperando había llegado. Paralizado, ahogado de miedo, esperé el tropel de pasos que vendría por mí, los golpes en la puerta de mi cuarto, que siempre cerraba con la falleba. Nada. Pegué el oído a la madera. Sólo se oía el incansable pito de mis oídos, el del tinitus que empecé a padecer en la adolescencia y que se superponía cada noche al sonido del silencio. Entonces, orientándome en la oscuridad, fui hasta la cocina y traté de ver en qué había consistido el desastre. Tal vez fuera el gato que a veces se metía no sé por dónde. Me atreví a encender la luz. Esta se refractó en los pedazos de vidrio que había regados por todas partes, pero me llevó tiempo encontrar la piedra debajo de la alacena. Era mediana, erizada de puntas, liviana para el daño que había hecho: un agujero enorme en el cristal de la ventana. Jonathan. Tenía que haber sido él. ¿Podía tener esos alcances?; ¿podía estar levantado a estas horas sin que Eulalia se percatara? Tenía rabietas y a veces era huraño, pero no violento. El perro no había ladrado. Total, era Jonathan. Al salir de la casa, me encontré con que la neblina había bajado y lo cubría todo. El frío era infame y la oscuridad y el silencio envolvían la casa como una enredadera tupida. Sentí un estremecimiento. Los viejos miedos cayeron encima de mí como un alud sofocante. Y con ellos el recuerdo de mi hermana, de los muertos de La Serena, del Profeta, de Vicente, de todos mis fantasmas. Volví a mi cuarto, hice un atado con toallas y cobijas y bajé al sótano. Y ahí, entre cajas y muebles viejos, fabriqué un nido y me eché en él. Pensé que en nada me parecía a un pájaro. Más bien a un animal al que le han quebrado el lomo y ha empezado a dejarse morir de a poco.

Hacia las seis subí de nuevo y me encontré con que al mismo tiempo Eulalia entraba a la casa como si nada, con una pequeña pila de ropa planchada en los brazos. Se quedó mirando, incrédula, la ventana rota. *Habrá sido Edwin*, dijo, *el vicioso que vive allá arribotota, para robar.* ¿Pero quién rompe un vidrio para entrar a robar? Se necesita ser muy estúpido o estar drogado. El tipo es una caspa, dijo, aunque no tiene sino quince años. Muy llevado. De Jonathan no dijo ni mu. Aparentemente no se había enterado del incidente del tablero de parqués ni tampoco de la taza rota. Y eso que él era bueno para narrar cosas en detalle. ¿Sería Jonathan capaz de sentir culpa, remordimiento? Miedo sí, por supuesto. Lo había visto temblar cuando oía truenos, chillar como un endemoniado cuando había tormenta. Y yo no pregunté nada. Ponerme a indagar era despertar otra vez la ansiedad. Me tomé un café, me fumé dos cigarrillos y subí una caja rotulada que había descubierto días atrás. La puse en mi cuarto, junto a otras que había estado subiendo del sótano. Pero no fui capaz de abrirla. En cambio, me puse a escribir en el cuaderno grande y pensé, no sé por qué, que ya iba siendo hora de salir al mundo.

2

Los fantasmas del presente no tienen bordes.
Son inasibles como la bruma, como el silencio,
como el miedo que me recorre todo el cuerpo y no
se asienta en ninguna parte. Los fantasmas de ahora me quitan el hambre, me ponen a sudar aunque
las noches sean frescas. No tienen cara, o tienen la
falsamente inocente de los mensajeros. Los fantasmas del pasado, en cambio, ya no espantan. Y ni
siquiera duelen. Son como los personajes de las novelas que he estado leyendo, vivos que están muertos. O tal vez al contrario.

Desde mi cuaderno siento que todos me miran. Que el Profeta me llama, me dice *nómbrame*,
con ese acento suyo de la gente que llamamos cos-
teña y sin embargo está lejos del mar. *Nómbrame,*
*habla de mis ojos en llamas. Pero, sobre todo, cuenta*
*que me mataron como a un perro. A mí, que parecía*
*un príncipe a pesar de mis harapos.* Tal vez fue Vicente el que lo bautizó así, no sólo por las rastas
larguísimas, el cuello largo y ese caminar pausado
de personaje respetable, sino por su humor letal y
sus sentencias de sabio chino. El Profeta era el señor de la calle, de su calle, y de cualquier calle por

la que se le ocurriera andar. Tenía las mejillas hundidas y los hombros filudos, como un faquir, y era bello a su manera, como me imaginaba en la infancia que eran los visires y los califas, con unos ojos verde cromo, inteligentes y alucinados. Nunca vi pedir al Profeta. Esperaba en silencio, dignamente, a que se fuera el último contertulio del bar y entonces yo le sacaba un plato que él engullía sentado en el quicio de la acera. Ahí mismo me sentaba con él de vez en cuando a tomar el fresco de la noche. Compartíamos un barillo, hablábamos de los malos tiempos que estábamos viviendo, con muertos cada semana, y me impresionaba lo bien informado que estaba, de lo de aquí y de lo de allá, de que el alcalde estaba conchabado con este y con aquel, de que el cadáver que encontraron en Aguas Claras era el de una maestra a la que le habían colgado un letrero al cuello, por soplona. El Profeta estaba enterado de todo: de quiénes habían sido extraditados, de lo que había dicho anoche el presidente, de dónde había estallado una guerra y de infinidad de cosas inútiles: de accidentes locales, de cuál era el porcentaje de alcohol del chirrinchi, de estadísticas sobre una cosa y otra. Y yo jamás lo había visto leer un periódico. También sabía de armas. Hablaba con gran propiedad de qué era una parabellum, de calibres, de materiales, y alguna vez hasta de cuántos decibeles puede producir un tiro. Seguro que había estado en el ejército, pensaba yo, que a veces no me le acercaba porque apestaba, las uñas negras, la melena hecha una maraña asquerosa, aunque de pronto aparecía con la camisa vieja y raída, pero limpia, con abarcas y aire de haberse bañado. En las borracheras el Profeta lo perdía todo, pero sobre todo la cordura, y lo que veíamos era un loco que hablaba solo, se pegaba contra los muros, perseguía los perros con un palo, gritaba insultos y amenazas al que lo mirara. Y entonces nadie se le acercaba en muchos metros a la redonda, aunque los muchachos le tiraban piedras para provocarlo, para sacarle toda la locura a flote y tener el placer de salir corriendo en patota cuando los señalaba con el dedo y hacía el amague de dispararles con un revólver imaginario. Yo lo respetaba y le tenía afecto. Y él a mí. Una amistad de dos hombres caídos que sin embargo podían reconocer al otro que todavía alentaba en ellos.

Fran era otra cosa: humildad pura, ingenuidad y malicia en dosis iguales, amor por los animales. Por donde iba lo seguían, fieles y cariñosos, todos los perros de aquel pueblo. Fran admiraba a ese jefe natural que era el Profeta, compartía con él su chirrinchi, lo protegía mientras dormía sus perronones, y a la inversa, aunque Fran casi siempre estaba milagrosamente sobrio, silbando una eterna canción desconocida, siempre la misma.

Eulalia trajo al vidriero a media mañana. En la tarde el hombre volvió con un ayudante y el vidrio de repuesto. Les di café y hablamos del tiempo, de una feria que iba a empezar en el fin de semana, de que el pueblo se llenaba de gente de los pueblos vecinos y siempre, con tanto trago, había peleas y muertos. A mí me conviene, dijo el vidriero, que se llamaba Aurelio. Raro otro Aurelio, pensé. Y es que no me gustan las coincidencias: son como señales de algo que uno no sabe adivinar qué es.

Se fueron y yo me quedé sentado en la cocina con una sensación de malestar, pero no por los vidrieros, que eran buenas personas, o eso parecía, sino por el incidente de la piedra, que me había causado desazón. Fue entonces cuando entró Eulalia con los ojos aguados a decirme que no encontraba a Jonathan por ninguna parte. Él que no se me separa, decía, porque es un miedoso, siempre pegado de mi falda porque la gente de por aquí se burla de él, lo molesta, le pone apodos. Él que lo más lejos que llega es a la puerta grande.

Salimos y buscamos por todas partes. Primero por los alrededores, yo en un silencio tenso y ella gritando *Jonathan, Jonathan*, a veces con cariño, a veces amenazándolo por haberse ido sin decir nada. Luego entramos a su casa y buscamos por todas partes en un ejercicio inútil porque allá era imposible esconderse: era tan pequeña que la vista lo abarcaba todo. Entonces, no sé por qué, pensé en el bosque y me imaginé a Jonathan colgado de un árbol como los suicidas de Aokigahara, aunque para ahorcarse se necesita una cuerda y saber hacer un nudo, algo imposible en su caso. Eulalia se resistía a ir conmigo. El bosque estaba a más de media hora, era poco probable que Jonathan hubiera llegado hasta allá. Pero yo ya me había obsesionado con esa idea y le pedí que fuéramos, mientras le argumentaba que nada podíamos perder y que a lo mejor alguno de los campesinos del lado de la loma podía haberlo visto. Fuimos, pues, camino arriba, sin intercambiar palabra, yo pensando en el incidente de la taza, en mi mano haciendo volar las fichas, y Eulalia siguiéndome con los labios apretados, acezante, emitiendo de vez en cuando un quejido levísimo, el de alguien que va a romper en llanto. De pronto paró en seco y se resistió a seguir subiendo. *No, yo lo conozco*, dijo, dio media vuelta y comenzó el descenso, *él no puede haber venido por aquí*. Y entonces yo pensé en los vidrieros, pero no dije nada y la seguí camino abajo, sumergido ya en las más horrorosas fantasías, pero confiado en un final feliz. Y el final fue feliz, sí, pero inexplicable. Sentado en el escalón de piedra de la entrada Jonathan parecía estarnos esperando. Cuando lo interrogamos, cada uno furioso a su manera, nos aseguró, abriendo mucho los ojos espantados, que él había estado ahí siempre. Mentía, por supuesto, pero era inútil decirle nada y optamos por conformarnos con la sensación de alivio.

Aquello no me gustó nada. Era como si algo sobrenatural hubiera empezado a apoderarse de la casa. O, más bien, algo no tan sobrenatural. Y entonces a mi mente volvieron los vidrieros. Y si todo fuera parte de un complot. Y si, tal vez, hubiera sido Eulalia misma la que tiró la piedra para tener que decir que se necesitaba un vidriero, y los vidrieros fueran apenas unos emisarios... No. Estaba sufriendo un ataque de paranoia. Como cuando era un adolescente y me parecía que todo lo que decía uno de esos profesores discurseadores sobre la moral tenía que ver conmigo. Deduje que este encierro ya de meses me estaba jodiendo el coco. Porque los días terminaban, inevitablemente, en un horrible reconcomio avivado por la escritura, que es a la vez liberadora y opresiva, como es siempre toda escritura. Invité a Jonathan a jugar parqués. Y él, como si no hubiera pasado nada, fue hasta su casa a traer el tablero. Lo acomodó en la mesa de la cocina, sacó las fichas con esa lentitud que ya le conocía. Tengo hambre, dijo, y le di una tajada de pan con mantequilla. Empezó a comerla, con ese ruido de chancho que hacía siempre. Luego se sacudió las manos regordetas. Y se quedó mirando el vidrio nuevo y dijo *cómo brilla*.

# 3

A las cinco empezaba a llegar la gente al bar de San José. Entre semana iban los mismos de siempre: el maestro se tomaba hasta tres cafés y siempre estaba leyendo. Con él Vicente hablaba de política. Pero con nadie más, según me di cuenta. Venían también los de la ebanistería, que pedían cerveza. Eran gente amable, nada pleitera. Y dos o tres más. El maestro comía siempre allá, y también el notario, el doctor Acevedo, que había enviudado hacía poco y se veía que no quería volver a su casa. El notario tenía un anillo enorme con una piedra azul marino, y también sus ojos eran azules, pero de un azul extenuado, dos estrellas muertas en medio de los párpados caídos y de unas ojeras púrpura. Antes de irse se tomaba tres aguardientes y se despedía con la mano o con una inclinación de cabeza, sin decir palabra. Sobre la mesa me dejaba siempre una moneda, que por pequeña que fuera relumbraba.

Los fines de semana, en cambio, venía toda la gente de la represa y se sentaba en las mesas del patio, donde refrescaba bueno. Eran los mejores días para el café, y entonces Sara y yo nos desvivíamos sirviendo y a veces también una muchacha bonita a la que le decían Imel, y hasta el mismo Vicente. Tú mira que no se vayan esos sin pagar, me decía cuando la cosa se ponía muy pesada, que no son de por aquí y no me dan confianza. Y es que había empezado a llegar al pueblo gente rara, aunque casi todos iban de paso, pero venían con buen billete, se emborrachaban hasta caerse, armaban gresca, a veces incluso se atrevían a poner el revólver sobre la mesa, a la vista de todo el mundo. Al mismo tiempo había llegado más tropa a la zona, soldados que dormían en la brigada, pero que cuando estaban de civil también bebían como guapuchas, le mandaban la mano a Sara y a Imel, y Vicente tenía que mediar, pedir respeto con tacto para que no se armara un mierdero.

Eran tiempos espesos, así que servíamos, oyéramos lo que oyéramos, sin ojos, sin oídos, sin lengua. A todas estas ya Vicente me había empezado a dejar dormir en la trastienda, un sitio estrecho pero aireado, y a dejarme bañar con la manguera que amarraba detrás de la casa. Volví a ser de alguna parte. A dormir hasta seis horas. A cuidarme de la bebida, porque Vicente no me habría tolerado borracho. Hasta que pasó lo que pasó.


Primero fue a un vecino. Luego le tocó al maestro, al que, según dijeron, sacaron de su casa a la madrugada, en cueros. Un silencio de piedra nos cayó encima. Entonces Vicente empezó a hablar de

172

cerrar el café, de irse para Cartagena, donde vivía un hermano. Pero lo pensó tarde. Desde mi rincón, temblando, con la garganta hecha un nudo, yo escuché cómo se desgranaba el sartal de groserías. Cómo en medio de la refriega, Vicente hacía preguntas en voz baja, como un caballero que indaga por una dirección y no quisiera incomodar a nadie. Luego el forcejeo, la puerta del carro que se cerraba, el rechinar de llantas. El silencio del miedo detrás de las ventanas. Lo mataron ahí no más, llegando a la ye. *Por qué*, nos preguntábamos. El caso es que vinieron los hermanos desde Santa Marta, nos reunieron a Sara, a Imel y a mí y nos dieron una chichigua, cerraron el café, nos echaron a todos, y pusieron en venta la casa. Pero nadie quería comprarla, de modo que unos meses después, cuando los muchachos empezaron a romper los vidrios y la entrada se llenó de cagadas de palomas, alguien recibió el encargo de poner tablones de madera para proteger las ventanas. Entonces me decidí a volver en las noches. Trepaba la tapia y me deslizaba por una de las canales. Dormía en un rinconcito de la sala, que era el lugar más fresco, cuidándome de estar siempre suficientemente borracho, para embolatar el miedo a los vivos y a los muertos.

Mis manos tienen en el dorso la marca del fuego. Cicatrices. Nada muy desagradable: pequeñas líneas rosadas que con el sol se han hecho más oscuras pero siguen contrastando con la piel sana. En ella crecen pequeños vellos rubios, como indicio de vida. Si miráramos ese dorso con una lupa parecería un campo arado donde convive lo estéril con lo fértil. Las uñas son las de un tipo que ahora tiene cómo asearse, aunque en ellas pareciera haber quedado la memoria de los tiempos de penuria. Porque las uñas revelan la crudeza de ciertas vidas, de la misma manera que la piel atirantada y brillante de los drogadictos perdura aun cuando la adicción pertenezca ya al pasado. Las mías están siempre medianamente limpias, aunque a veces trajinan con la tierra negra del huerto o se ocupan de cortar la leña de la chimenea, pero hay en ellas algo de otro tiempo que no logra desterrar el agua.

En La Serena, mis manos descubrieron la madera. Con una gubia que tenía Ismael aprendí a tallar pedazos de troncos caídos y a diferenciar el peso y la textura de un trozo de guayacán de uno de flor morado o de caracolí. Con él también fui algunas veces de pesca y su mujer me enseñó a limpiar el pescado, a hacer sancocho, a sembrar berenjenas. Mis manos se fueron volviendo ásperas, pero todavía guardaban algo de la tersura de mis tiempos de estudiante, cuando sólo se ocupaban de agarrar el lápiz o de escribir en el computador. Ahora tienen callosidades que se fueron formando cuando en San José piqué piedra y cargué ladrillos y tragué polvo. Una cosa es la pobreza y otra la miseria del alma, pensaba, mientras me doblaba con la pala en las manos, sintiendo en ellas el ardor de las ampollas que crecían y se llenaban de agua. Cuando al final de la tarde me sentaba en una banca del parque con el Profeta y con Fran a beberme lo ganado, me repetía: *soy distinto, no soy como ellos*. Estúpidamente mi soberbia seguía intacta.


Pero éramos iguales. Borrachos. Lastrados. Piedras rotas, cascajo que no sirve de nada. El que se nos acercó lo hizo como quien no quiere. Nos dio cigarrillos, abrió el aguardiente Néctar, bebimos todos. Terminamos en la cantina apenas dimos buena cuenta de la botella. Y allá vino el ofrecimiento. No pagaban mucho, pero teníamos campamento y las tres comidas. Diez días o quince. Dijimos que sí, pero igual habríamos podido decir que no, porque todo nos daba lo mismo. Lo que importaba era que estábamos felizmente borrachos, porque pagaba otro. Y nos montamos al camión donde íbamos a dormir la mona porque el viaje sería largo, de unas cuatro horas. Habló de tomates, pero yo me imaginé que sería otra cosa. La vida me seguía arrastrando y yo me dejaba arrastrar.

Recuerdo un despertar agitado. Náuseas. Un cuarto, malos olores. Desde donde yo estaba empecé a ver cómo caían las greñas del Profeta, su rastamenta. Todavía estábamos borrachos, así que apenas se sacudía, gemía un poco. Él, que era un iracundo, una bestia salvaje cuando lo puyaban,

175

apenas si se defendió. Y cuando levantaba la mano para detener las tijeras, se oían risas, guasas. El pelero se fue amontonando hasta parecer el cadáver de un perro lanudo. Luego hicieron pasar a otro, y otro y otro, aunque muchos ya venían medio rapados. Y finalmente yo. Estaba tan enfermo que tenía la fantasía de que era una máquina corta-césped que se llevaba nuestras cabezas y dejaba intactas las orejas, invadidas por aquel ruidajo. Trataba de acordarme. Nos echaron algo en el trago, pensaba. Qué fue antes, qué fue después. El tipo que nos convidó no estaba por ninguna parte. Pero ahí, en ese cuarto, éramos muchos, diez, quince, y hacía un calor asqueroso. Ufff, a mí la cabeza se me estallaba. Nos tusaron, dije. Como para qué mierdas. Una redada, eso es. Eso era. Una lección de los milicos, que adoran joder a los ya jodidos. Pero no había milicos y ya para ese entonces el hambre empezaba a hacer sus estragos. Desde el día anterior no había comido nada y las tripas se retorcían. Me quejé. Otros también se quejaron. Uno de los tipos salió y al rato vino con empanadas y Coca-Cola. Ya nos vamos, dijo. Y abrió la puerta a la oscuridad del campo, donde se oían cientos de grillos.

# 4

Sólo supe que habían llegado cuando oí los golpes en la puerta. Tampoco esta vez ladraron los perros. Eran dos, no tan jóvenes, no tan viejos, con gorras y camisas azules claras. Del censo. ¿De cuál censo? Aunque con los músculos del cuello tensos, les dije que entraran. Demasiado obvio eso del censo, pensaba, mientras ellos se acomodaban en la sala. El más bajo sacó de su morral una carpeta. Preguntas y más preguntas, mientras miraban de reojo la casa, tal vez para medir por dónde podría escapar a la hora de la verdad. ¿Por qué dos personas para hacer un censo? Traté de desentrañar si había algo hechizo en los uniformes, pero todo parecía en orden. Menos sus caras, la una chupada, de ojos nerviosos, la otra mofletuda, morena, un poco repulsiva. Los zapatos llenos de polvo, las manos gruesas. La voz del gordo sonaba un poco brusca y por eso me sorprendió cuando me pidió que me tranquilizara, que este era un procedimiento aburrido y enjundioso, pero necesario. ¡Que me tranquilizara! Un atrevimiento increíble el de ese tipo, totalmente salido de cualquier protocolo. ¿Porque fumé mucho, tal vez? ¿O porque estaba un poco crispado, tratando de descifrar el engaño, enojado con esas preguntas insulsas, irrelevantes? Que si había animales en la casa, que cuántos bombillos, que si las basuras… Sólo quería que se fueran. Y sin embargo me sorprendí a mí mismo cuando grité que me dejaran en paz, que no me siguieran jodiendo, que a quién le podían servir esos datos tan culos. Hicieron como que quedaban helados, sin habla. Insistieron casi en un susurro, mirándome como si estuviera loco. Traté de conservar la serenidad pero los fui empujando sutilmente hasta la puerta. Les pedí que me dejaran tranquilo y hasta traté de explicarles que yo era apenas una sombra, un fantasma, alguien que no le importaba a ningún censo. El flaco tenía una sonrisa de medio lado, como de burla y de incredulidad. El otro, en cambio, se veía berraco. Me echó un sermón sobre las dificultades de censar en esas veredas, sobre la incomprensión de la gente, sobre la responsabilidad que tenía. Me hizo firmar un papel en que aceptaba que me negaba a contestar todas las preguntas. Firmé, para que la patraña fuera completa. Y cerré la puerta y eché la tranca. Me dije que ahora sí estaba jodido, que la vida me estaba empujando otra vez. Entonces hice lo que sabía que terminaría haciendo desde que llegué a esta casa: fui hasta el arcón, lo abrí, y empecé a revolcarlo. Mantas, una ruana que no recordaba haber visto, ropa del año de upa y tres lámparas Coleman entre sus cajas. Y allá en el fondo, donde las había envuelto cuidadosamente, las botellas. Abrí una, la olí, tomé dos sorbos grandes. Y con ella en la mano fui a sentarme, temblando un poco, en el sofá de terciopelo. Algo que se movía en la ventana lateral me alarmó y me hizo correrme instintivamente. Pero allí donde esperaba encontrar la boca de un arma, sólo estaban los ojos bailarines de Jonathan, de mi pobre agraviado Jonathan que me espiaba como en los viejos tiempos.

Yo fui mi casa. Un animal solitario y desnudo y sin techo. Y ahora que tengo un lugar, presiento, sin embargo, que voy a ser expulsado de él.

Pero tal vez sólo sean imaginaciones. Andrade habló de estrés postraumático, pero me da asco sentirme víctima. Odio los patetismos y hace mucho que me volví cínico. Al fin y al cabo soy alguien que ha elegido sus fracasos. El que alguna vez fue un duro en Matemáticas, el que siempre dibujó como un poseso, el que servía para todo y para nada y escogió deslizarse por el tobogán de su derrumbamiento. El que hizo de la inacción una militancia. Aunque una vez fui el pobrecito Tom, traté de mantener una pequeña hilacha de dignidad. Pero ni eso pude. Porque cuando regresé del infierno era ya un guiñapo, un desastrado, un hombre hundido.

Tal vez sea hora de dejar esta casa, donde disfrazo de rutinas mi huida sin fin. Pero cuando escribo esto siento un malestar que es casi fiebre. Ya no hay miseria, ya no hay hambre, pero soy, ahora sí, un desposeído. Porque por el camino hacia ninguna parte perdí las ganas de amar, de ser eso que llaman alguien en la vida, y la capacidad de imaginar un futuro.

Después de que se fueron los del censo escribí toda la tarde en el cuaderno 1 como un poseso, como un moribundo que escribe su testamento. Escribí sobre esa noche: todos como ovejas saliendo a la oscuridad, ovejas rodeadas de lobos, porque ya entonces empezábamos a presentirlo. Por qué de noche, me decía el cerebro, devuélvete, me repetía el corazón, pero al minuto razonaba, es un trabajo, no puedes quedarte de por vida en los parques, no tienes el coraje para mendigar, todavía eres un hombre, a pesar de las caries, de los forúnculos que empiezan a salirte en el cuello, del ardor en la boca del estómago. Pero seguro que tampoco esta vez será un trabajo legal, decía mi cabeza, eso sí seguro, míralos, todo por acá está podrido, otra vez caíste en la trampa, Gabriel, será para hacerte raspachín o para ponerte a transportar maracachafa, o tal vez te llevan de paramilitar, eso es, carajo, eso es, sintiendo que se me aflojaba el culo y pensando en que no sería capaz de agarrar un arma, y menos de disparar, maldita sea.

Es tu culpa, decía la voz dentro de la caja negra de mi cerebro aletargado que todavía palpitaba con un tum tum, del cerebro semidormido que de pronto dijo: *alerta*, cuando aparecieron diez, quince hombres. Surgieron de la oscuridad, nacieron de la tierra como la mala yerba. Venían de camuflado. Como por reflejo les miré las botas. No, no era guerrilla. Mira esos ojos achinados, me dijo la conciencia, esos que ahora te están mirando de esa manera, reconociéndote. Mira para otro lado, haz como que no, como que no viste nada. Es el mismo guajiro, me gritó la memoria, mientras todos continuábamos trepando, ahora en silencio. Mira los pómulos anchos, marcados de acné, agacha la cabeza, y una voz repentina pregunta si ya casi, y alguien se atreve a una broma. ¿Será el Profeta, siempre con esa frescura suya? Pero no, imposible, el Profeta va hundido en su humillación, irreconocible con esa cabeza calva, caminando como un derrotado, largo, oscuro, encorvado, no como el rey de la selva que siempre fue sino como un esclavo hacia el lugar de cautiverio. Y a su lado se arrastra, casi como un perro, Fran, descalzo, como siempre anduvo. Entonces de la tierra empezaron a brotar sollozos. Gemidos de perro apaleado, que se resiste. Nos detuvimos todos electrizados de oír ese llanto horrible y entonces lo vimos: un hombre arrodillado sobre la hierba, una sombra doblada sobre su propio miedo porque había comprendido ya lo que en todos era un pálpito, una duda, un rezo. Y entonces algunos de los soldados se adelantaron, como abriendo camino con sus linternas, y

los otros se fueron quedando atrás antes del dispa-
ro, del grito, corran, qué está pasando, que corran,
malparidos, es una orden, mientras de aquella cabeza inclinada saltaba un chorro oscuro que empezó a humedecer la tierra. Mis ojos se cruzan entonces con otros ojos, que no entienden, que se abren
mucho, pero sólo por un segundo porque ahora
todos corremos sin saber por qué, pero sabiendo,
hijueputas, eso era, mientras uno cae de rodillas,
suplica, por favor no, entre aullidos, pero no de los
lobos sino de las ovejas, desangradas una a una,
atacadas por la espalda y ahora de frente por los que
se voltean y disparan, con qué armas, Profeta, serán
rifles de asalto, o tal vez mágnums, o qué, y el mundo empieza a girar, y la voz a decirte cállate, Gabriel, cállate y rueda, rueda, rueda barranco abajo
como una piedra, como un costal de piedras, antes
de que te friten, hijueputas, malparidos todos, nos
mataron.

Fue en el centro de rehabilitación, muchos meses después, cuando vi en la televisión un montón
de cuerpos de hombres jóvenes y pobres y masti-
cados por el vicio o la penuria o la enfermedad,
que comprendí. Habían sido vestidos con uniformes de camuflado, explicaba la voz del locutor y
acomodados como si hubieran estado en comba-
te, empuñando en sus manos de labradores o la-
drones o mendigos las armas que otros habían

disparado antes y después de que sus cuerpos fueran despojados de sus ropas tristes, olorosas a sudor y a mugre. Qué querían, por qué. No lo entendí entonces, no sólo porque es imposible imaginar tanta vileza, sino porque durante días y días fui apenas un animal que huía en las noches, entre matorrales primero, por caminos embarrados después, un animal que olía cada vez peor, que se habituaba al dolor, que tapaba sus heces con tierra, que ya sobre el asfalto se hacía manso a la hora de pedir, que tenía miedo del miedo de los otros.

Caminar no es lo mismo que huir. Cuando huyes de otros o de ti mismo, todo va muy rápido. Los árboles corren y también las nubes y los animales parece que husmean tu miedo y se apartan. Los camioneros asoman la cabeza por la ventanilla, te hacen bromas macabras y los niños te miran desde sus asientos con un silencio en los ojos que te persigue como si fuera una culpa. Las carreteras, sin embargo, a pesar de su vértigo amenazante, son como ríos que te marcan una ruta. Me acogí a sus bordes y a la sombra de los árboles, a los cobertizos vacíos, a las bombas de gasolina en las noches. Una bomba en la noche parece de lejos un hotel de lujo. Hasta las más humildes brillan como un altar en la soledad de los pueblos o en mitad de la nada. Vas aprendiendo a quién temerle: a la Policía, a los celadores, a ciertos perros. Una mujer me tiró un balde de agua fría, otra me dio una bolsa llena de puntas de pan, otra me dejó dormir una noche en el granero y me regaló un suéter de su marido. La voz de la maldad y de la bondad humana me habló cada vez de forma más clara. O tal vez mis oídos y mi cuerpo se habían hecho más porosos a fuerza de sol y de lluvia.

Que había desandado el camino hacia el origen lo supe cuando comprendí que mis pasos me habían llevado hasta la que había sido mi casa. Imposible no pensar en la parábola del hijo pródigo, que vuelve ulceroso y enfermo a pedirle perdón al padre. Pero desde siempre supe que no iba a entrar. Por vergüenza. Por terror de entrar a un útero donde sólo había tristeza y telarañas. Por compasión. Por un hilo de amor que me decía que heriría por siempre a un hombre ya medio muerto a fuerza de pérdidas. Pero no tuve que enfrentarme a nada. Desde la esquina que usé como emplazamiento, vi salir primero una muchacha gruesa, con delantal blanco, que previsiblemente iba a la tienda, la misma donde de niños comprábamos con mi hermana chocmelos que derretíamos ensartados en palitos de madera y unos bizcochos que debían hacer con sobrantes de pan viejo y que llamábamos negritos. Deduje que Carmela ya no estaba. Pero supe que esa no era ya mi casa cuando un rato después vi entrar a dos adolescentes con el uniforme a cuadros de los colegios públicos.

El pasado se me vino encima, como se me ha venido encima en esta casa, donde he venido a buscarlo deliberadamente. Y empecé a recorrer Bogotá como si me recorriera a mí mismo. Pasé por la biblioteca donde en otro tiempo tuve mañanas y tardes tan cercanas a la plenitud, y hasta dormí una noche contra su pared de piedra, con una nostalgia morbosa de sus intestinos llenos de libros, de sus amplias salas iluminadas como enormes y cálidas barrigas acogedoras. Pasé también por delante de la casa antrosa donde alguna vez vi a Heidegger sentado en mi cama tejiendo con dos agujas, y por el bar donde nos emborrachamos con Ola de puro terror de estarnos enamorando. Y —cómo no sucumbir a esa tentación— por el edificio donde tal vez ella estuviera comiendo su pasta a la carbonara mientras leía uno de esos mamotretos sobre el cerebro que tanto le gustaban. Era de noche y la luz de la sala estaba encendida, pero, aunque era un primer piso, el desnivel de la calle impedía a cualquiera mirar hacia adentro. Un hilito de luz en mi cerebro me llevó a esa escena en que Swann espía la ventana de Odette horas después de que la ha dejado, mientras sucumbe a un ataque de celos. Y me alejé aterrado de la sola idea de que estuviera allí con otro, y no porque estuviera enamorado todavía, sino porque ese hecho, tan normal, tan posible, acabaría de acentuar mi condición de fantasma.

Pero no, no era un fantasma. Sólo a veces. Más bien sentía que podía llegar a ser de una visibilidad aterradora. Porque la señal de *no eres de ninguna parte* es tan brillante como si fuera de neón. Siempre te han visto: cuando se cruzan a la otra acera o cuando más bien bajan la cabeza y pasan a tu lado como si fueras una figura tranquilizadora, pero con los hombros tensos, la mirada al frente pero lista a observar por el rabillo del ojo, siempre dispuestos a correr o a lanzarte una patada para defenderse. Tus ojos, por bondadosos que sean, siempre dan miedo. Aunque arrastres un poco los pies, respires acezando, te veas turbio.

Sabiendo que nadie me reconocería, me aventuré por las calles aledañas a la universidad por donde vi bajar marejadas de estudiantes saludables, sonrientes, limpísimos, entre los cuales, sin embargo —yo lo sabía bien—, estaría caminando el chirriante, el disonante, el oscuro que ya estaba viviendo su pequeño infierno. En el parquecito por el que siempre cruzaba reconocí algunos vendedores. Estaba también la loca de los perros, más vieja y más fea que antes. Y un mendigo nuevo con un letrero en el pecho. Un desplazado, eso parecía. La camisa limpia. Los pantalones descoloridos. Pero todavía con zapatos, aunque llenos de barro. La mirada esquiva, o sea que todavía lo acompañaba la vergüenza. *Así es*, pensé. *Así es.*

Sí. Así es. Cada tanto una primera vez. Buscas una calle oscura, la puerta metálica de un taller, un rincón abandonado, un lote al que te metes por un agujero. Te acuclillas, los pantalones sobre los tobillos, arriba de tu cabeza un cielo que en vez de estrellas pareciera lleno de agujeros por donde miran ojos voyeristas, mientras te cagas para siempre en la vergüenza, en las formas, en la cara ya lejana de eso que llaman humanidad. Eres una bestia desamparada y de bestia son tus ojos cuando buscas los del hombre que se acerca por la acera, como para parecer humano, una bestia vencida que suplica, que alarga la mano tímidamente, que no encuentra las palabras adecuadas, porque, ¿qué se explica?, mientras el otro evade la mirada, se retira inconscientemente, si acaso alarga también una mano compasiva. Una bestia que pelea por un cartón, una cobija, un par de zapatos. Porque de repente los objetos se llenan de un valor monstruoso, el de la supervivencia. Un hombre, en fin, que hurga, escarba, desecha, que se rasca, se transforma, se llena de raspaduras, de heridas, de caries, y que, sobre todo, busca cómo anestesiar el terror, cómo desterrar el hambre, cómo hacerse de piedra, de algodón, de humo, cómo volverse larva y hundirse en las alcantarillas y en las nieblas de su cerebro, donde antes hubo música y amor y bellas palabras.

IV

# 1

Desde hace ya dos semanas me trasladé definitivamente al sótano. Hace más frío allí que en el resto de la casa, pero lo he sobrellevado poniéndome dos pares de calcetines y unas prendas encima de otras como en los tiempos de la calle. El nido que hice entre las cajas es acogedor a pesar de su olor a humedad, a gruta lamosa, a tierra. Poco a poco me he ido habituando a la sensación opresiva de que no existan ventanas, a caminar en las madrugadas entre el laberinto de cajas y muebles viejos hasta encontrar la escalera que me lleva al baño, donde vacío mi vejiga cargada como una caldera humeante y mis tripas mal alimentadas, que suenan en la noche como las tuberías herrumbrosas de esta vieja casa.

Como cuando éramos niños y bajábamos aquí mismo, a jugar a las escondidas, o a curiosear revistas viejas, los montones de botellas de whisky, de cacerolas y trastos de mi abuela, de radios sin botones, de herramientas y útiles de jardinería, de tarros de pintura a medio llenar, de frascos de aguarrás y de venenos para ratas y cucarachas, paso horas explorando las cajas apiladas. Mi procedimiento es ordenado, metódico, pero también farragoso, como debe ser el de los arqueólogos o el de los investigadores de archivos de las bibliotecas antiguas, y como las de ellos mis manos quedan rucias de polvo. Después de horas enteras de escarbar en cajas que sólo contienen recibos antiguos, escrituras de bienes que pertenecieron a otros, cofres llenos de cintas y botones y viejos bordados acartonados que se deshacen cuando los desdoblo, he hecho uno que otro hallazgo: una fotografía de mi papá, cuando tenía unos trece años, los diarios de mi hermana, que se interrumpen en mayo del 97, un sobre con dibujos de cuando era niño, que no sé si guardé yo o es obra de mi mamá, y un paquetito de cartas de Aurelio para ella, sin fecha, pero que adivino escritas unos meses después de nuestro nacimiento.

En la foto mi papá tiene un libro abierto sobre las rodillas, el pelo aplastado con gomina hacia la izquierda, la frente abombada en la que se adivina el cráneo, una mirada melancólica, la que tuvo siempre, y la boca fruncida, ligeramente sonriente, del que se siente incómodo posando para la cámara. Me conmovió. No sólo porque me di cuenta de que prácticamente no sé nada de su infancia, sino porque yo, que creía que me parecía a mi madre, me reconocí en esa cara, tan distinta en las facciones a las mías, y sin embargo tan idéntica a la del adolescente que fui, preso ya del miedo a la vida e invadido por una soledad que se transparenta también en el gesto eternizado por la cámara.

Los diarios de mi hermana me provocaron a la vez una emoción dolorosa y un vago aburrimiento, y en cierto modo desdibujaron la imagen de persona fuerte que hizo las veces de madre hasta su muerte. Llenos de dibujos, a veces infantiles, a veces con ese dramatismo cursi que nos acompaña a los quince años, de fragmentos de poemas y canciones, y de consideraciones del día a día en las que aparecen, una y otra vez, el dolor y el desasosiego por la falta de mamá, pero también las incertidumbres del amor y la amistad, sus cuadernos no son mucho más que un *collage* adolescente plagado de lugares comunes, rotos tan sólo por pequeños testimonios de su gracia y de su inteligencia para la vida práctica. ¿Pero qué más esperaba encontrar? El diario se interrumpe dos años antes de su muerte, y en él, ay, lo comprobé con una sonrisa irónica, no menciona mi nombre ni una sola vez. ¿La nombré yo a ella en mis escritos de ese momento? Seguro que no, que tampoco, porque un hermano, aunque uno lo quiera con la fuerza desamparada con que yo quise a Elena, se experimenta en esas edades con la misma familiaridad sin sobresaltos que el vaso de Milo de las mañanas, o la almohada, o la aburridora rutina de ir al colegio.

Lo más inquietante de todo, sin embargo, fueron aquellas cartas de Aurelio, sólo siete, que me hicieron comprender lo que hasta ahora desconocía. Ellas tuvieron el poder de asomarme por un agujero de mi memoria que hasta ahora permanecía obstruido, a una escena desvaída en que Elena y yo, de la mano de mamá, entramos a un edificio antiguo con un *hall* de piso ajedrezado y subimos por una escalera enorme, de pasamanos de madera y balaustrada de hierro, que en el recuerdo se me antoja majestuosa y que les parecía infinita a las piernas fraguilas de mis cuatro o cinco años. Esa escalera nos llevaba a uno de los pisos altos, a un pasadizo donde había muchas puertas, todas cerradas, por una de las cuales entrábamos después de timbrar. Sí: esa persona que abre la puerta, ese hombre corpulento y sonriente de ojos vivos llenos de chispas es Aurelio, que hace pasar a mi mamá a una oficina repleta de estantes, donde la luz entra por la ventana de una manera cegadora; en mi memoria la puerta se cierra detrás de ella mientras nosotros nos quedamos en la antesala jugando con unos carritos baratos que hacemos pasear por los brazos de los sillones. Esa luz de la ventana ha entrado ahora hasta un rincón de mi cerebro y ha estallado en él llevándome a otro sueño. Sí. Es el vestíbulo de su apartamento. Las mismas vitrinas llenas de libros. El terciopelo oscuro de los sillones. Mi madre abre su cartera y guarda los billetes enrollados. Yo miro desde un banquito donde me han sentado. Tengo un objeto en la mano: es un mico que sube y baja por una varilla metálica, mientras mueve la cola. Lo huelo desde el sótano donde estoy a punto de romper estas cartas: es un olor a cola, a pegamento, que me produce un mareo delicioso, el de la niñez ensimismada, y una punzada dolorosa que no entiendo muy bien a qué responde.

A pesar del insomnio infame que me persigue ya hace semanas, de vez en cuando hago como que duermo entre mi nido, encogido como un feto, abandonándome por largos ratos a un aliviado no ser, y confiado en que aquí abajo estoy casi tan protegido como cuando nadaba en el líquido amniótico, donde compartía no sólo la sangre de mi madre sino la de mi hermana. De vez en cuando algún ruido de allá arriba viene a inquietarme. Entonces me quedo inmóvil, espero, con las orejas levantadas como el perro que ahora soy, trato de descifrar si lo que oigo son las pisadas de Jonathan, que ahora sé que se pasea más desenfadadamente por la casa vacía, o las de Eulalia, que desde hace unos días me mira con aprensión cuando el azar nos cruza en la cocina, a donde subo a hacer café en la greca y a recalentar la comida que ella me deja tapada sobre la estufa. Subo, eso sí, tomando las precauciones necesarias, porque ese miedo atávico que en la infancia me hacía tender trampas nocturnas copiadas de las películas infantiles ha vuelto ahora encarnado en una certeza sin resquicios, la de que en cualquier momento alguien vendrá por el camino a silenciarme para siempre.

## 2

En algún momento tenía que hacerlo. Más tarde o más temprano. Así que hace dos noches sucumbí al impulso que venía apremiándome ya hace un tiempo y, como la sombra que ya soy —o que siempre he sido—, subí a la superficie y me dirigí al cuarto del hechizo. No había hecho ni siquiera el intento de abrir esa puerta y tuve que probar muchas llaves antes de lograrlo. El bombillo estaba fundido. Me guie, pues, a tientas en la oscuridad y abrí los postigos de la única ventana. La luz azul pizarra de la noche iluminó la habitación, y tuve una ligera decepción cuando comprobé que en ella no había más que una cama sencilla cubierta con una colcha colorida —de las muchas que hizo mi abuela con retazos de tela—, un cuadro mal puesto en la pared de la cabecera y una silla de madera ordinaria. El conjunto me resultó pobre, triste, monacal. Qué esperaba encontrar, no sé. Tal vez algo que movilizara mi memoria, que me contara una historia. *Esa* historia. Me senté en la silla y me quedé allí un rato, como si esperara una revelación o un milagro. En realidad no estaba observando nada y ni siquiera trataba de recordar detalles de aquel día, sino que más bien intentaba oír los mensajes de mi cerebro. Incluso creo que me puse la mano sobre el corazón, en un gesto inconsciente, a ver si, como se dice, se me estaba subiendo a la garganta, pero no: latía como de costumbre, de forma casi imperceptible, como si no hubiera en él ya capacidad de sobresaltos. Entonces, poco a poco, aquel cuarto, que inicialmente llamaron *el de los mellizos* y más tarde, cuando me mandaron a dormir a otra habitación, *el cuarto de Elena*, me fue haciendo parte de su vacío. Un vacío que no era el apacible del lugar que está temporalmente deshabitado y aún espera a su dueño, sino el que se siente allí donde *jamás* volverá esa persona que alguna vez lo habitó: un vacío que sólo habla de sí mismo o que, tratando de hablar, calla. Descubrí que estaba tiritando. Levanté la colcha y aparecieron la almohada sin funda y el colchón desnudo, rústico, que parecía sin estrenar. Un colchón de pobre, de perro gozque, de vagabundo. Recordé mis juegos de niño, me deslicé debajo de la colcha y oculté con ella mi cabeza. La escasa luz del cuarto se volvió rojiza allá adentro. O tal vez sólo era la luz de mis párpados cerrados.

Entonces invoqué las imágenes de mi hermana, las que había estado tratando de eludir antes de que llegara a esta casa, y ellas empezaron a sucederse, primero con dificultad, y luego cada vez más nítidas y numerosas, sin que yo opusiera resistencia, como había hecho siempre. La vi bajándose del bus del colegio con su morral en la espalda y la falda de prenses de cuadros azul, blanco y marrón, y también en la cocina, con una horrible pijama lanuda, y en una playa a la que íbamos a veces, con un vestido de baño naranja. Como bajo un *zoom* vi su tobillo lleno de sal y arena, su mano que trazaba figuritas con una rama en la playa mojada, y me vi a mí mismo incluido en aquella rememoración, con el pecho muy blanco y las clavículas hundidas, y así vi muchas otras imágenes en un torbellino en el que se superponían, como emitidas por una máquina dislocada.

Supe entonces que debía ir más lejos. Apreté los ojos e hice que mi piel de erizo, llena de cicatrices ganadas a la intemperie, se fuera haciendo cada vez más suave, y también más blando mi interior. Imaginé mis órganos, sanos, libres de enfermedad, cuidadosamente ajustados dentro de mí como en las imágenes de los libros de anatomía. Vi mi hígado, azul tornasolado, mi intestino enroscado, imaginé los dos lóbulos de mi cerebro. Enseguida recorrí con la mente mis pies, mis piernas, mis muslos dorados, me acaricié el pubis, pasé las yemas de mis dedos por los labios de mi vagina, me detuve en el ombligo, rugoso como una concha de almeja, y acaricié mis pechos, pequeños y muy blancos, y mis brazos apretados de jugadora de básquet. Repetí como un mantra mi nombre, para sentir la verdad de mi metamorfosis, como arrullándome: *Elena. Elena. Elena.* Entonces saqué mi cabeza de entre la colcha tratando de ver algo en la oscuridad, de mirarme las manos, *es que no se ve nada, jueputa,* pero no grité, no es para tanto, al fin y al cabo la luz se iba mínimo dos veces durante las vacaciones. Entonces llamé, primero en voz baja, *Gabriel,* luego un poco más alto, impaciente, *Gabriel, ayúdame con la lámpara.* Sí, ahí estaba mi hermano. Ahí, con la linterna en la mano y esa cara suya siempre un poco desganada, abriendo el clóset, estirando la mano hasta el rincón donde sabe que se guarda la lámpara Coleman, sacando también el tarro metálico donde guardábamos la gasolina. Veo entre sombras cómo destapa el tanquecito, empuja el émbolo, mientras yo aparto la cobija, esa horrorosa con un tigre pintado que no sé quién pudo comprar, qué lobera, y sentada al borde de la cama giro las piernas hasta tocar el suelo y tropezar con el pocillo de café, *mierda,* que se riega en el piso y me empapa las medias. Me doblo y me las empiezo a quitar con asco, el pegote de café azucarado se me mete entre los dedos, mientras oigo el sonido del émbolo y veo, como sin querer, una última imagen: Gabriel que sostiene la lámpara de la manija, que la inclina y se agacha de medio lado para ver mejor en la oscuridad, que la endereza y bombea mientras enciende la cerilla y se burla —*burra*— del desastre que he hecho. Entonces oigo el estallido, el grito. Y antes de que la bola de fuego haga el arco y caiga sobre la cobija y se vuelva llamarada en el tigre amarillo y suba por mi pijama lanuda y por

mi pelo, veo sus manos como las teas de un presti-
digitador en un juego de magia.

Vi a Elena gritando. Vi a Elena que se revolca-
ba sobre las baldosas. Me vi a mí mismo azotándo-
la con la almohada y a mi papá parado en la puerta
con los ojos desorbitados y una toalla en la mano.
Y entonces, sí, empecé a oír mis latidos, el resuello
de mi garganta, el ruido de las olas del mar donde
jugábamos mientras mi mamá, rubia y esbelta y
dura como un maniquí se asoleaba en la orilla, em-
badurnada con un aceite de coco que estuvo aso-
ciado siempre a nuestras vacaciones. Y en ese mar
me zambullí sintiendo su sal en el paladar, su amar-
gor en los labios, el sabor de las lágrimas que nunca
antes pude derramar. *Perdón*, repetí como un mantra, *perdón, perdón*, hundiendo la cara entre la almohada, a sabiendas de que mis palabras no llegaban a ninguna parte, de que se perdían en la noche
vacía.

# 3

Escribir me ha permitido sentirme más real.
Pero toda escritura tiene un fin, un agotamiento.
Esta mañana subí de mi pobre madriguera sintiéndome maravillosamente liviano. Fui al baño
principal y llené de agua hirviendo la bañera de
patas metálicas donde se sumergía mi abuelo con
su eterno whisky en la mano. Ya adentro tuve la
sensación de que mi piel se deshacía de la mugre
acumulada de años. Pensé en la purificación de los
cristianos, en los que dicen que el agua limpia las
almas de pecados y de culpas. Mientras reposaba
en ese vientre cálido, maternal, amoroso, me quedé
mirando mis manos quemadas, garras de halcón,
garras de viejo. Tienen la edad de mi cansancio,
pensé, y me dio vergüenza esa frase de escritor sin
talento. Me pregunté, precisamente, por mi talento. Por el destino de este escrito. Por la suerte última de mis cuadernos de dibujo. Salí del agua antes
de que terminara de enfriarse, tomé la rasuradora,
casi sin uso, y me afeité concienzudamente. En el
espejo apareció un Gabriel más joven y también
más viejo, con una mirada brillante, a pesar del
gesto de desidia de la boca. Me puse ropa limpia,

recién planchada y recogí mi pelo en lo alto de la cabeza. Tengo las mejillas tan hundidas que en el espejo me vi como un samurái. Y recordé, por asociación inmediata, una vieja lectura, el código de bushido, uno de cuyos principios reza que cuando un samurái dice que hará algo, es como si ya estuviera hecho.

Fui hasta la casa de los mayordomos. La puerta estaba abierta y Jonathan, tirado en una silla, veía en la televisión un programa de concurso. Silbé para que me mirara. Volteó, me echó un vistazo y volvió otra vez a fijarse en la televisión. Me acerqué, le revolqué el pelo y regresé a la casa. Era ya casi mediodía. Me serví una taza de café y me lo tomé despacio, concentrado en las luces y sombras del jardín. En esas entró Eulalia, que me saludó como me saludaba últimamente, con un poco de azoro, y empezó a sacar de la nevera ingredientes para el almuerzo. La dejé tarareando muy bajito una canción de moda y me fui a mi antiguo cuarto, donde dibujé toda la tarde, con una pasión con la que no dibujaba hacía tiempo, disuelto en la liquidez de las líneas, buscando en ellas los retazos de felicidad de la infancia, cuando era capaz de pasar horas y horas volcado sobre mis cuadernos. Dibujé raíces, troncos enormes, el follaje profuso y devorador de un bosque imaginario, desmesurado, donde se pierden entre el cielo las copas de miles de árboles desolados. En Aokigahara, me dije, habrá en este momento un hombre que camina con una cuerda en la mochila, en busca de un lugar propicio. Quizá le falte el coraje de los samuráis. Porque se necesita coraje. Terminé cuando estaba ya anocheciendo y me sentí feliz con el resultado. Entonces traje el whisky. Como aquella vez, en aquel hotel perdido, el primer trago me pareció áspero, quemante. Pero me dio aliento para escribir estas últimas páginas. Mientras lo hago, he empezado a sentir sobre mi espalda el peso de una mirada. No es la de Jonathan, no es la de los fantasmas de mis paranoias. Es, estoy casi seguro, la mirada amorosa de esa presencia que vuelve de tanto en tanto desde que recuerdo, y que me seguirá, estoy seguro, como una sombra protectora, cuando me anime a salir por esa puerta.

Este libro se terminó
de imprimir en
Barcelona (España),
en el mes de
marzo de 2019